長編小説

おうちで快楽

葉月奏太

竹書房文庫

目次

※この作品は竹書房文庫のために
書き下ろされたものです。

第一章　うちに来ませんか

1

「おっ、もう昼か」

吉村忠雄《よしむらただお》は時計を見やると、椅子に座ったまま大きく伸びをした。

朝からパソコンに向かっていたので、背中や腰の筋肉が凝り固まっている。首と肩をまわすとゴリゴリ音がした。

忠雄は中堅商社に勤務するサラリーマンだ。何年経っても係長のままで、気づくと四十歳になっていた。それでも、まだ昇進がなくなったわけではないと自分なりにがんばってきたが、下期である今月十月から在宅勤務を命じられた。

（どうして、俺が……）

思い返すとため息が漏《も》れてしまう。

青天《せいてん》の霹靂《へきれき》とは、まさにこのことだった。

じつは会社が経費削減のため、フロアスペースを縮小することになり、各課からテレワーク要員を数名ずつ出すことになったのだ。そして、営業部から選ばれたのが忠雄だった。

出勤せずに自宅で仕事をするなど考えたこともなかった。

三十すぎまでは外まわりの営業でバリバリ働いていた。ほぼ毎月、目標の営業成績を達成しており、仕事のあとは毎晩のように飲むのが当たり前だった。飲み屋で知り合った女性と盛りあがり、一夜の関係になったこともある。あのころは仕事も遊びも順調だった。

ところが、七年前に係長になったことで生活が一変した。内勤が増えて部下を管理する立場になり、飲み歩いてばかりもいられなくなった。

さらに五年前に結婚して、今ではすっかり落ち着いている。子供はいないので、妻とのふたり暮らしだ。会社の忘新年会や決起集会をのぞき、外で酒を飲むこともなくなった。

そして、いつしか忠雄の営業成績もごく平均的なものになっていた。

思えば昔は景気がよかったという背景もある。若いころのようにがむしゃらな営業はやめて、今ある取引先を大切にしてきた。新規の獲得は部下たちに譲ってきたのも営業成績が落ち着いた要因だった。

係長になってからは、日々、中間管理職のむずかしさを痛感している。

足を使った昔ながらの営業が好きだった忠雄にとって、デスクワークは苦痛でしかない。それでも、自分なりにがんばってきたが、今ひとつ上司から評価されていない気がしていた。

仕事も遊びも順調だった時代が懐かしい。

以前のように飲み歩くことはないし、もちろん浮気もない。そもそも、四十を迎えてしょぼくれている自分がモテるはずもなかった。

そんなとき、オフィスの効率化をして経費削減することになった。

オフィスをコンパクトにすることで家賃を抑えるのだ。しかし、まさか自分がテレワーク要員になるとは思いもしなかった。所属は営業部のままだが、忠雄は書類の作成などが主な仕事になった。

在宅勤務になって三週間が経っている。

しかし、いまだにテレワークに慣れていない。週に一度だけ出社することになっているが、定期報告だけなので会社にいる時間はごくわずかだ。

会社から弾《はじ》き出されたようで、気持ちが塞ぎがちになっている。出勤にかかる時間がないのは利点だが、以前は通勤電車のなかで気持ちを切り替えていた。在宅勤務だと仕事をするスイッチが入らないのは困りものだ。

基本的に土日が休みで、平日の午前九時から午後五時までが勤務時間、昼に一時間の休憩がある。残業をつけることもできるが、とてもではないが申告できる雰囲気ではなかった。

毎日、書斎にこもってパソコンに向かっている。だが、自宅ではどうしても仕事に集中できない。仕事とプライベートの区別がむずかしいのも問題だ。やはりオフィスでないとやる気が出なかった。

(昼飯でも食うか……)

忠雄は今月の営業成績データをＵＳＢメモリーに保存した。そして、書斎を出ると、トイレで用を足してからリビングに向かった。

一応、食卓を確認するが、昼飯の用意などしてあるはずもない。妻の美紗《みさ》は看護師をしているので忙しい。理解しているつもりだが、ここのところ妻の言動に棘《とげ》があるのが気になった。

会社からテレワーク要員に選ばれ、在宅勤務になった夫を情けないと思っているのではないだろうか。

家にいるからといって、忠雄は遊んでいるわけではない。それなのに妻に家事を頼まれることが多くて苛々《いらいら》していた。

今朝も妻は仕事に出かける前、洗濯物を取りこんでおいてと言ってきた。それは構わないのだが、どこか見くだしたような態度が気になった。

美紗は六つ年下の三十四歳だ。係長になったばかりの忠雄が、胃腸炎で病院に行ったときに知り合った。親身になってくれた美紗に惹《ひ》かれて、思いきってデートに誘ったのだ。

駄目もとだったが、意外にも食事につき合ってくれることになった。あとで聞いたところ、美紗も仕事のストレスを抱えていたらしい。看護師は激務で出会いの場がないという。

当時二十九歳だった美紗は、三十代を目前に控えて焦っていた。そういうタイミングだったこともあり、人のよさそうな忠雄の誘いに乗ったと、あとで笑いながら話してくれた。

その後、結婚してからも美紗は看護師をつづけている。夜勤もあるので生活リズムが合わないのは仕方がない。しかし、夫婦でゆっくりする時間がなかなか取れないのは以前から不満だった。

今ではすっかりセックスレス状態だ。最後に妻を抱いたのは、三カ月ほど前だろうか。もうはっきり思い出せないほどだった。

（なんか、食いもんは……）

食べ物を探して冷蔵庫を開けてみる。

自宅で仕事をするようになった当初は、インスタントラーメンや冷凍食品がほとんどだったが、最近は自炊もしている。とはいえ、料理は得意ではないので簡単なものばかりだ。冷蔵庫のなかを見まわすと、缶ビールが目に入った。

少しくらい飲んでも構わないのではないか。

誘惑に駆られるが、抜き打ちチェックのように会社から連絡があるので気が抜けない。電話ならごまかせるが、チェックのためかテレビ会議のアプリを使うので、こちらの様子が映像で見えてしまうのだ。

ビールを飲んで顔を赤らめていたら一発でバレてしまう。在宅勤務になっただけでも立場は微妙なのに、勤務時間中の飲酒など以《もっ》ての外《ほか》だ。服装にも気を使う。スーツを着る必要はないと言われたが、忠雄はノーネクタイでワイシャツとスラックスを着用するようにしていた。

ビールを我慢しても、食事のあとで眠くなるのも困ってしまう。椅子のリクライニングを倒して昼寝をすることはよくあった。

（なんにもないな……）

忠雄は冷蔵庫のドアを閉めると、いったん書斎に戻って財布をスラックスのポケットに押しこんだ。

近所のスーパーに買い物に行くことにした。

会社から連絡があるかもしれないので、自宅を空けられるのは昼休みの一時間だけだ。もちろんトイレなどで席を立つこともあるが、なるべく責められる口実は作りたくなかった。

米を手早く研いで炊飯器にセットすると、ブルゾンを羽織ってさっそく出かけた。

（いい天気だな）

ふと空を見あげて心のなかでつぶやく。

空気は冷たいが、気持ちのいい青空がひろがっている。そのまま自宅マンションを振り返った。

結婚したのを機に、思いきって三十五年ローンを組んで購入した。人生で最大の買い物だ。子供ができたときのことも考えて３ＬＤＫにしたが、今のところ子宝には恵まれていなかった。

（ずっと、ふたりのままかもな……）

スーパーに向かって歩きながらふと思う。

ここのところ夜の生活から遠ざかっている。妻が仕事で忙しいのもあるが、それだけが理由ではない。妻を抱くことに新鮮味がなくなっていた。少し淋しい気もするが、結婚して五年も経つとこんなものなのかもしれない。

決して夫婦仲が悪くなったわけではない。だが、互いの存在がまるで空気のように当たり前になっているのは事実だった。

やがてスーパーが見えてきた。

在宅勤務になってから、スーパーに行く機会が増えている。書斎にこもっていると息がつまるので、気分転換もあって積極的に外へ出るようにしていた。

買い物カゴを持って野菜売場に直行する。キャベツとトマトをカゴに入れると、すぐに移動して卵とベーコンを追加した。そして、レジに向かいながら、さりげなくレジ打ちをしている女性たちの顔を確認する。

（いた……逢花《あいか》さんだ）

忠雄は思わず心のなかで名前を呼んだ。

レジ打ちをしている今野《こんの》逢花という女性が気になっていた。名札を胸につけているので名前がわかった。

白いブラウスの上に、制服であるグリーンのエプロンをつけている。艶《つや》やかなセミロングの黒髪と、清らかでやさしげな表情が印象的だ。はじめて見たときから、忠雄の気持ちは彼女に惹きつけられた。

じつは、逢花は高校時代に片想いしていた同級生に似ていた。その同級生が年齢を重ねたら、逢花のような感じになるのではと思っている。

あのころの忠雄は恋愛に疎《うと》かった。告白などできるはずがない。とてもではないが勇気がなくて、遠くから見ていることしかできなかった。

逢花を見かけるたび、高校時代の甘酸っぱい気持ちがよみがえる。

ただ、逢花の左手薬指には指輪が光っているので人妻だろう。それでも、味気ないテレワーク生活を送るなか、スーパーで彼女の顔を見るのだけが楽しみだった。

忠雄は逢花のレジに向かうと、平静を装ってカゴを置いた。

「いらっしゃいませ」

逢花が微笑を浮かべて挨拶してくれる。涼やかな声が耳に心地よかった。

マニュアルどおりの対応かもしれないが、忠雄にとっては心癒《いや》される瞬間だ。在宅勤務で丸一日、誰にも会わないこともめずらしくない。そんな生活なので、なおさら逢花に会えるこの時間は貴重だった。

（やっぱり、きれいだなぁ）

忠雄はぼんやり彼女の顔に見惚《みと》れていた。

おそらくパートだと思うが、どれくらい働いているのだろう。逢花は慣れた手つきで、買い物カゴから商品を次々と取り出してはスキャンしていく。その流れるような作業が、見ているだけでも気持ちよかった。

「八百三十八円です」

逢花が金額を告げるとき、ほんの一瞬だけ視線が重なる。たったそれだけで、胸の鼓動が速くなった。彼女の顔をボーッと見つめていた忠雄は、慌てて財布を取り出すと千円札をトレーに置いた。

「では、千円から。百六十二円のお返しです」

レジを操作すると、逢花がお釣りを手渡してくれる。そのとき、指先がわずかに触れて、またしても気分が高揚した。

（まるで中学生だな……）

胸のうちで自嘲ぎみにつぶやくが、彼女への気持ちは盛りあがる一方だ。顔が熱くなるのを感じて、買い物カゴを持ってそそくさとレジから立ち去った。

サッカー台に移動すると、持参したマイバッグに購入した商品をつめていく。

逢花が気になって仕方ないが、ジロジロ見るのは失礼だと思って我慢した。ただでさえ昼間に中年男がひとりで買い物をしていると目立つのだ。ヘンな客だと思われたくなかった。

商品をつめ終わって帰ろうとしたとき、サッカー台に黄色い長財布が置いてあるのに気がついた。

（これ、さっきの……）

隣に女性客がいたのを覚えている。

顔は見ていないが、確かグレーのコートを着た女性が商品を袋につめていた。おそらく彼女が忘れていったのだろう。

店の人に届けようと思って財布を手に取った。そのとき、ガラスごしに歩き去って行く女性の姿が見えた。グレーのコートを羽織っている。たぶん、この財布は彼女の物だ。

店に預けるより、直接、渡したほうが早いだろう。忘れていった本人もそのほうが助かるはずだ。忠雄は黄色い財布を握りしめると、急いで店から出て彼女が歩いていった方向を目で追った。

歩道の先にグレーのコートの背中が見える。彼女に間違いない。忠雄はマイバッグを揺らしながら走った。

「す、すみません」

息を切らしながら声をかけると、彼女が歩みを緩めた。ゆっくり振り返り、不思議そうに見つめてくる。

「あ、あの……これ……」

走るのは久しぶりだ。わずかな距離だが、運動不足が祟《たた》ってまともに話すことができない。とにかく、手にしていた財布を差し出した。

「あっ、このお財布……」

彼女がバッグのなかを確認する。そして、自分の財布だと確信したようだ。同時に置き忘れたと気づいたらしい。

「すみません。ありがとうございます」

丁寧に両手を差し出すと、彼女は頭をさげながら財布を受け取った。

「わざわざ届けてくださったのですね。本当に助かりました」

はにかんだ笑みを目にした瞬間、ドキリとした。なかなかの美人で、思わず顔をまじまじと見つめてしまった。

年のころは三十前後だろうか。瞳がすっと切れ長で、さらりとした黒髪が日の光を受けて輝いている。清楚な雰囲気の女性だった。

買い物袋から長ネギと大根がのぞいている。食材を買っているようなので、おそらく料理をするのだろう。

(美紗とは違って、家庭的なんだな)

つい自分の妻と比べてしまう。

美紗は働いているから仕方がない。そう割りきっているつもりだったが、家庭的な女性に対する憧れが芽生えていた。おそらく彼女は、妻とは正反対の家庭を守ってくれる専業主婦だろう。

(なんか、いいな……)

予想でしかないが、初対面の女性が無性に気になった。

「わたし、そそっかしくて、いつも主人に叱られるんです」

どうやら彼女は人妻らしい。

当然といえば当然だろう。この年頃で、これほど美しい女性が独身のはずがない。

「あの……」

彼女が首をかしげてつぶやいた。

見知らぬ男に黙って見つめられて困っているのだろう。その表情を見た瞬間、はっと我に返った。

「お、お渡しできてよかったです。じゃあ、わたしはこれで」

忠雄は慌てて作り笑顔を浮かべると背を向ける。そして、逃げるようにその場を立ち去った。

(危なかった……)

額に冷や汗が滲《にじ》んでいた。親切で財布を届けたつもりだったが、危うく怪しい人物になるところだった。

(ちょっと気をつけたほうがいいな)

歩きながら自分自身に言い聞かせた。

在宅勤務になって人と接する機会が減っているせいかもしれない。コミュニケーションを取るのが下手になっている気がした。

代わり映えのない日々がつづいていた。

2

なにしろ表に出ない限り、妻としか顔を合わせない。その妻も仕事で留守がちなので、結局、一日のほとんどをひとりで過ごすことになる。これがテレワークのつらいところだ。

今朝、妻を仕事に送り出すとき、一悶着があった。

美紗に掃除機をかけておいてと言われて、さすがにカチンときた。忠雄は怒りにまかせて思わず言い返してしまった。

——俺だって遊んでるわけじゃない。そんな時間があるはずないだろ。

今でも間違ったことを言ったとは思っていない。仕事をしているのは事実だ。家にいるからといって暇なわけではなかった。

——あなたって、やさしくないのね。

なにか言い返してくると思ったが、美紗は残念そうに視線をそらした。

そんな妻の態度がよけい腹立たしかった。会社での忠雄の立場をすべてわかっていて、見くだされている気がした。

妻が出かけると、忠雄は書斎にこもった。

とはいえ、たいした仕事はない。上司からメールで送られてきた資料をまとめたり、営業部の社内報を作成したりという地味な作業ばかりだ。家だと集中できず、つい本を読んだり、うたた寝をしたりしてしまう。

なんとか眠気と闘いながらパソコンに向かっていると、唐突にテレビ会議アプリの着信音が鳴り響いた。

(や、やばいっ)

営業課長の加藤《かとう》から連絡が入ったのだ。

忠雄は慌てて気持ちを引きしめると、マウスで画面をクリックする。その直後、モニターに加藤の厳《いか》めしい顔が映し出された。

「お、おはようございます」

忠雄は背すじを伸ばすと緊張ぎみに挨拶する。すると、加藤はにこりともせずにうなずいた。

「調子はどうだ」

「仕事のほうは順調です」

「営業成績表の作成、よろしく頼んだぞ」

「は、はい、おまかせください」

短いやりとりをして、加藤はあっさり通話を切った。

全身からどっと力が抜ける。椅子の背もたれに寄りかかると、大きく息を吐き出した。

わずかな時間だったが消耗は激しかった。

なんの前触れもなく、不定期に上司から連絡がある。しかし、機械的なやり取りだけで雑談をするわけでもない。きちんと仕事をしているか、ただチェックされているだけだった。

勝手にテレワーク要員にしておきながら、まったく信用されていないのだ。考えると、だんだん怒りがこみあげてくる。

「なにがテレワークだ」

忠雄はモニターをにらみつけて、思わず悪態をついた。

ここのところ独りごとが多くなった気がする。これもテレワークのせいだ。会社で仕事をしていたときは、いちいち声に出すことはなかった。

(もうオフィスに戻れないんだろうな……)

それを考えると、ついため息が漏れてしまう。

テレワークと言えば聞こえはいいが、これでは窓際に追いやられたのと同じだ。なにしろ営業部の係長でありながら、日がな一日、自宅でパソコンに向かって書類の作成をしているのだ。これなら、外をクタクタになるまで歩きまわって飛びこみ営業をしたほうがましだった。

「クソッ、俺は営業マンだぞ」

またしても独りごとを言ってしまう。

今日は部下たちの営業成績をまとめてグラフにしていた。正直なところ誰でもできる仕事だ。係長が時間を割いてやるようなことではなかった。

だんだん情けなくなり、仕事をする気力が失せていく。キーボードから手を離すと、椅子の背もたれに体を預けた。

(あーあ……もうやってられないよ)

ふと時計を見ると、昼の十二時になるところだ。そういえば、腹が減ってきた気がする。

(よし、メシを買いに行くか)

そう思うと、急に元気が出てきた。

今日もレジ打ちをしている逢花に会えるかもしれない。とくに言葉を交わすわけではないが、彼女の顔を見るのがテレワーク生活の密かな楽しみだった。

忠雄はブルゾンを着ると、財布とスマホだけ持って出かけた。

この日も暗く沈みこんだ気持ちとは裏腹に、清々《すがすが》しい青空がひろがっている。はるか彼方《かなた》を漂っている雲を思わずじっと見つめた。

(俺もどっかに流れていけたらな……)

なにもかも捨て去って、どこか遠くへ行きたい。

ふとそんなことを思ってしまうのは、やはり今の生活に嫌気が差しているからだろう。

とにかく気を取り直してスーパーに向かった。

逢花の顔を見れば、きっと気分も晴れるはずだ。ひと目でいいから彼女に会いたくて、ここのところ連日スーパーに出かけていた。

買い物カゴを手にして店内をまわる。もやしと豚のバラ肉、それに健康のバランスを考えてヨーグルトをカゴに入れた。

(あっ、しまった)

ご飯を炊いていなかったことを思い出す。いつもは出かける前に炊飯器をセットしてくるのに、すっかり忘れていた。

それならばと、焼きそばの麺もカゴに放りこむ。自炊をくり返すうちに、だんだん融通がきくようになっていた。料理の腕も少しずつ上達しているのではないか。最初は面倒だったが、今では昼飯作りが気分転換になっていた。

レジに向かうと、すぐに逢花の姿が目にとまった。

ところが、逢花のレジには客がいて、隣のレジは空いている。わざわざ客がいるレジに並ぶのは不自然だ。いったんレジから離れて売場へと足を向ける。そして、横目で観察して逢花のレジが空くのを待った。

(よし、今だ)

客が財布を出して支払いをはじめた。あくまでもさりげなさを装い、逢花のレジに歩み寄った。

「いらっしゃいませ」

いつもの笑顔と涼やかな声で挨拶してくれる。その声が耳孔に流れこんできただけで、心が軽やかになる気がした。

とはいっても、忠雄の顔を覚えているわけではないだろう。すべての客にこの笑顔を向けているにすぎない。それを思うと淋しくなるが、それでも目が合った瞬間に胸がときめいた。

代金を支払って釣銭を受け取る。そして、買い物カゴを持って移動しようとしたときだった。

「いつも、ありがとうございます」

逢花がそう言って頭をさげた。

（えっ……）

一瞬、自分の耳を疑ったが間違いない。彼女は確かに「いつも」と口にした。忠雄のことを常連客だと認識しているのではないか。

（俺のことを覚えてるのかも……）

そう思うだけで心が浮き立った。

忠雄は目を合わせることができなくなり、そそくさとサッカー台に移動した。マイバッグをひろげて商品をつめていく。そうしている間も、レジに立っている逢花のことが気になって仕方なかった。

「こんにちは」

唐突に声が聞こえた。

自分に向けられた声だと思わないまま、なんとなく顔をあげる。すると、すぐ隣に見覚えのある女性が立っていた。

「あっ……ど、どうも」

忠雄がとっさに頭をさげると、彼女はにっこり微笑んだ。

四日前、財布をサッカー台に忘れていった女性だった。忠雄が追いかけて、なんとか渡すことができたのだ。

あれから言葉を交わしたことはないが、店内で一度見かけていて、目が合うと会釈をしてくれた。

「先日はありがとうございました」

あらためて礼を言われると照れくさい。しかも、澄んだ瞳でまっすぐ見つめられて、ますます緊張感が高まった。

「い、いえ、たいしたことでは……」

なにを言えばいいのかわからず、頰の筋肉がひきつってしまう。

この日もグレーのコートを羽織り、なかにはクリーム色のシャツを着て、焦《こ》げ茶のフレアスカートを穿いていた。コートの前が開いているので、胸もとが大きく盛りあがっているのが目に入った。

(ど、どこを見てるんだ)

心のなかでつぶやき、慌てて視線を引き剝《は》がす。

しかし、すぐ隣に立っているので、どこを見ればいいのかわからない。マイバッグのなかをのぞきこみ、荷物の整理をしているふりをした。

「これからお昼ですか？」

どうやら、マイバッグに入っていた焼きそばが見えたらしい。穏やかな声で尋ねてきた。

「え、ええ……ご飯を炊くのを忘れてしまって」

忠雄が答えると、彼女は「ふふっ」と楽しげに笑った。

「自炊をされているのですね」

「そうなんです。昼だけですけど……」

自炊といっても、簡単な炒め物ばかりだ。

朝と夜は妻がいるので、忠雄が作ることはない。とはいっても、妻も仕事で疲れて帰ってくるので、惣菜を買ってきたり、出前を取ったりすることも多かった。本当は手料理を食べたいが、共働きなので仕方ないとあきらめていた。

「それなら、今日のお昼、うちでいかがですか。ご馳走させてください」

彼女が意を決したように語りかけてくる。

一瞬、意味がわからなかった。忠雄がぽかんとしていると、彼女はさらに言葉を継ぎ足した。

「いきなり、すみません。この間のお礼をしたくて」

「お、お礼なんて、そんな……」

突然のことに困惑してしまう。まさか食事に誘われるとは思いもしない。彼女は既婚者のはずだが、構わないのだろうか。

「ご迷惑だったら、ごめんなさい」

彼女が申しわけなさそうに頭をさげる。ほんの一瞬、淋しげな表情が浮かんだ気がした。

「め、迷惑なんかじゃありません」

人妻の誘いに乗っていいのか、まったく迷いがないと言えば嘘になる。だが、きっと深い意味はないだろう。なにより、彼女と食事ができると思うと、心が浮き立つのを感じた。

「じゃあ、よろしいのですか？」

表情がぱっと明るくなる。そんな顔をされたら、もう断るという選択肢は頭から消え去った。

「もちろんです」

答えた直後、胸の鼓動が速くなる。

忠雄としても、誰かといっしょに昼食を摂《と》りたい。ひとりで食べるのは味気なかった。ましてや、彼女のように清らかで美しい女性が誘ってくれるのなら、これほどうれしいことはない。

ただ昼休みを過ぎても書斎に戻れなくなりそうなのは気になった。

だが、今日は午前中に上司から連絡が入っている。これまで一日に二度、連絡が入ったことはない。おそらく大丈夫だろうと自分に言い聞かせた。

「では、行きましょう」

「は……はい」

うながされるまま店を出る。そして、彼女に導かれるまま歩き出す。どうやら、彼女の住まいは、忠雄のマンションと同じ方向のようだった。

道すがら自己紹介をすませていた。

彼女は森沢菜々子《もりさわななこ》、三十歳の人妻だ。夫は大手ゼネコン勤務で、多忙を極めているらしい。出張も多くてバリバリ働いているという。オフィスの縮小にともない、在宅勤務となってしまった自分とは正反対で、なにやら情けなくなってきた。

（恥ずかしくて言えないよ）

忠雄はすっかり気後《きおく》れして、名前を告げた以外はなにも話さなかった。

「うちが見えてきました」

菜々子が歩きながらつぶやいた。

どうやら、住まいはかなり近いらしい。すぐ目の前には、忠雄が住んでいるマンションが見えていた。

菜々子について歩いていくと、忠雄の住むマンションにどんどん近づいていく。そして、ついにはエントランスに足を踏み入れた。

「森沢さんのうちって……」

「ここです」

「え、えっと、あの……」

忠雄は思わず歩調を緩めて声をかける。すると、彼女が不思議そうに振り返った。

「どうかされましたか？」

「ここ……うちなんです」

「はい？」

菜々子はそう言ったきり黙りこむ。おかしな間が空いて、ふたりはエントランスで見つめ合った。

「うちも……ここなんです」

もう一度、忠雄がつぶやくと、一拍置いて菜々子が目を見開いた。

「すごい偶然ですね」

思わずふたりとも笑顔になる。

まさか同じマンションの住民だったとは思いもしない。だが、この偶然の出来事で、さらに気分が盛りあがった。これまでは会社勤務だったので、会うことがなかったのだろう。

忠雄の部屋は三階で、菜々子の部屋は五階だという。ふたりでエレベーターに乗りこむと、三階を素通りして五階に降り立った。

菜々子の後ろを歩いていく。自分が住んでいるマンションだが、ほかの階に行くことはまずない。五階の廊下を歩いていることが不思議な気分だった。

「どうぞ」

玄関ドアを開けて菜々子が声をかけてくれる。そのときになって、ふと不安が湧きあがった。

「あの……旦那さんは？」

恐るおそる尋ねてみる。

もし旦那が在宅していれば、おかしな雰囲気になるのではないか。スーパーに買い物に出かけた妻が、見ず知らずの男を連れて帰ってきたのだ。怪訝《けげん》に思うのは間違いなかった。

「仕事です。帰りも遅いですから、心配ないですよ」

菜々子が穏やかな声で教えてくれる。

尻込みしていたのを見抜かれた気がして恥ずかしくなった。ところが、彼女は懇願するような瞳を向けてきた。

「だから、遠慮せずにあがってください」

「で、では……お邪魔します」

忠雄は緊張しながら靴を脱いだ。

リビングに通されると、ますます落ち着かなくなってしまう。いくら誘われたからといって、よく知りもしない人妻の部屋を訪れたのだ。あらためて考えると、自分でも大胆なことをしていると驚いた。

「おかけになってください。すぐに準備をしますから」

菜々子がソファを勧めてくれる。

部屋の造りは同じだが、家具が違うのでまったく雰囲気が違う。L字形に配置された黒革のソファセットは重量感があり、壁ぎわには大画面のテレビがある。足もとの茶色い絨毯《じゅうたん》は毛足が長くてフカフカしていた。

(うちと全然違うな……)

三人がけのソファに座ると、ついリビングを見まわしてしまう。すると菜々子がコーヒーを運んできて、ガラステーブルに置いてくれた。

「テレビでも見て、待っていてくださいね」

「はい……お構いなく」

忠雄が返事をすると菜々子は対面キッチンへと向かった。

スラックスのポケットに押しこんである財布とスマホが邪魔なので、取り出してガラステーブルの端に置いた。

ほどなくして肉を焼くいい匂いが漂ってくる。

手料理を食べられると思うだけでワクワクしてくる。菜々子は妻の美紗とは正反対で、家庭的な雰囲気の女性だ。いつしか緊張感は小さくなり、期待感がむくむくとふくれあがっていた。

「お待たせしました」

やがて菜々子の弾《はず》むような声が聞こえた。

忠雄はソファから腰を浮かしかけるが、彼女はトレーを手にしてやってくる。胸当てのある白いエプロンをつけており、思わずうっとり見つめてしまう。食卓に移動するのかと思ったが、どうやらソファで食事をするようだ。

ガラステーブルに料理が並べられていく。

彼女が手早く作ってくれたのは、豚の生姜《しょうが》焼きに茄子《なす》の味噌汁、それに白いご飯という家庭料理だ。生姜焼きに千切りキャベツがたっぷり添えられているのもうれしかった。

「簡単なもので恥ずかしいのですけど」

菜々子はひとりがけのソファに腰をおろして語りかけてくる。

「いえいえ、すごくおいしそうですよ」

忠雄は即座に答えた。

もちろん本心だ。既婚者でありながら手料理に飢えている。鼻腔をくすぐる香りがたまらなかった。

「では、いただきます」

さっそく豚の生姜焼きを口に運ぶ。醤油と生姜の甘辛い味が口いっぱいにひろがり、鼻に抜けていく。白いご飯との相性も抜群だ。もりもり食べていると、菜々子がうれしそうに見つめてきた。

「どうですか？」

「すごくうまいです……いや、おいしいです」

「ふふっ、お代わりもありますから、たくさん食べてくださいね」

彼女のやさしい声音《こわね》が、ますます食欲を加速させる。忠雄は勢いのまま、あっという間に平らげた。

菜々子はあまり食欲がないのか、ほんの少ししか口をつけなかった。そして、食器をさげると、食後のコーヒーを淹《い》れてくれた。

「おいしそうに食べてくれる人がいると、やっぱり作りがいがあります」

彼女がつぶやくのを聞いて不思議な気持ちになる。夫は多忙だと言っていたが、家で食事を摂る時間もないのだろうか。

「うちの人、出張がないときも帰りが遅いんです」

忠雄の疑問に答えるように菜々子が語りはじめた。

「ほとんど家で食べなくて、たまに食べても感想なんて言ってくれないし……」

要するに作りがいがないらしい。愛する妻が一所懸命、料理を作ったのだから感謝の気持ちは伝えるべきだろう。

「旦那さん、なにも言ってくれないんですか？」

「ええ……黙って食べてるだけなんです」

菜々子は淋しげに視線を落とした。

最低でも「おいしい」のひと言くらいはあっていいのではないか。菜々子が気の毒になってきた。

「すごくおいしかったですよ。うちは共働きだから仕方ないですけど、旦那さんがうらやましいです」

「えっ……吉村さん、ご結婚されてるんですか？」

菜々子が驚いたように見つめてくる。

どうやら独身だと思いこんでいたらしい。忠雄がひとりで買い物をしているのを何度か見かけているのだ。それに忠雄は名前を告げた以外、自分のことをほとんど話していない。彼女が勘違いしてもおかしくなかった。

忠雄は中堅商社で働いていて、今はテレワークをしていることを素直に告げた。

「ご自宅で仕事をする時代なのですね」

彼女は感心した様子でうなずいてくれるが、実際のところは社内で微妙な立場にある。しかし、そんなことまで言う必要はないだろう。忠雄はそれ以上、突っこまれないように話題を変えた。

「妻は看護師なんです」

「じゃあ、お忙しいんじゃないですか？」

「ええ、夜勤もあるので不規則だから、食事はあまり……というか、ほとんど作ってくれないんです」

つい愚痴っぽい口調になってしまう。美紗のことは理解しているつもりだが、やはり結婚しているのだから手料理を食べたいという気持ちはあった。

「夫婦って、いろいろありますよね」

菜々子が独りごとのようにつぶやいた。

そのまま視線を落として、絨毯の一点をじっと見つめる。なにか思いつめたような表情が気になった。

「わたしの夫も仕事が忙しくて……全然、構ってくれないんです」

どうやら、菜々子も悩みを抱えているらしい。小声で絞り出すように、ぽつりぽつりと語りはじめた。

「それだけならいいんですけど……その……浮気をしてるみたいで」

「浮気……ですか？」

　思わず聞き返してしまう。

　そうなってくると話はだいぶ違ってくる。忠雄は五年前に結婚したが、浮気は一度もしていない。妻も仕事が忙しくて生活がすれ違いぎみではあるが、浮気はしていないだろう。

「出張も残業もウソなんです。女の人に会ってるんです」

「でも、森沢さんの勘違いってことは……」

　下手に煽《あお》ってはいけないと思い、忠雄は慎重に口を開いた。

「じつは、夫の会社に大学時代の友だちが働いてるんです。その友だちに聞いたから間違いないです」

　瞳に涙を滲ませながら菜々子が力説する。

　彼女の夫は、若い女子社員に手を出すことで社内では有名らしい。仕事は抜群にできるので、今のところ大きな問題にはなっていないという。

「女の子たちも割りきってつき合ってるみたいなんです。夫に認められたら、いい仕事を割り振ってもらえるらしくて」

　菜々子の夫は、まだ三十五歳なのに課長だという。上司に認められたい女子社員たちが、自ら擦り寄ってくるのかもしれなかった。

「それは……奥さんとしてはつらいですね」

こういうとき、なにを言えばいいのだろう。忠雄は困りはてて、当たり障りのない言葉をつぶやいた。

「愚痴を聞いてもらってもいいですか」

菜々子は立ちあがると、忠雄の隣に移動してくる。三人がけのソファなのに寄りそうように腰かけて、忠雄の左腕をつかんできた。

「浮気をするならバレないようにするべきだと思いませんか」

「え、ええ……そうですよね」

彼女の剣幕に押されながらうなずくが、確かにそれは一理ある。

旦那にもなんらか不満があるのかもしれない。ただ、離婚するつもりがないのなら、浮気したことは妻に知られてはならない。一生隠しとおして、墓場まで持っていくべきだ。

「全面的に旦那さんが悪いです。森沢さんは、なんにも悪くないですよ」

できるだけ落ち着いた声で語りかける。伴侶《はんりょ》に裏切られた悲しみが痛いほど伝わってくるので、なんとか癒してあげたいと思った。

「吉村さんは、おやさしいのですね」

菜々子はそう言ってくれる。その瞬間、今朝の妻とのやり取りを思い出した。ちょっとした口論になり、「やさしくないのね」と不満をぶつけられたのだ。

「やさしくなんかないです。妻に家のことを頼まれて苛々するし、なにかと理由をつけてやらなかったり……俺だって仕事をしてるんだ。家にいるからって暇だと思われたらたまらないですよ」

最後のほうは愚痴になってしまう。

妻の方が忙しいとわかっている。だが、家事を頼まれるのは屈辱的だった。会社から爪弾きにされていることを、小馬鹿にされているように思ってしまう。

「吉村さんも大変なんですね」

菜々子の声がやさしく鼓膜を振動させる。ふと視線を向けると、彼女がすぐ近くからじっと見つめていた。

「も、森沢さん？」

左腕には彼女の両手が添えられたままだ。視線が重なると、さらに距離が近くなった気がしてくる。胸の鼓動が大きくなり、その音を聞くことで、ますます緊張感が高まった。

「聞いてもいいですか？」

菜々子が尋ねてくる。ささやくような声になっていた。

「わたし……つまらない女でしょうか」

「そんなことありません」

即座に否定する。菜々子は清楚な雰囲気を持つ魅力的な女性だと思う。上品なうえに料理も上手で、非の打ちどころがないように見える。これほどの女性を娶《めと》っておきながら浮気をしている旦那の気が知れなかった。

「でも、夫は全然相手にしてくれないんです。もう一年もなくて……」

菜々子はそう言って目の下を赤らめた。

まさか夜の生活のことを言っているのだろうか。彼女の言葉を耳にして、忠雄は思わず固まった。

清楚な菜々子がそんなことを口にするとは思えない。

しかし、話の流れから推測すると、夫婦の営みのことを指していると考えるのが自然な気がした。急に彼女が色っぽく見えてくる。しっとり濡れた瞳から視線がそらせなくなった。

「淋しいんです」

懇願するような声にドキリとする。

菜々子は微かに顎を持ちあげて、睫毛《まつげ》をゆっくり伏せていく。それは口づけを待つ仕草に間違いない。

（ど、どうすれば……）

迷ったのは一瞬だけだ。

美しい人妻に求められて、突き放せるはずがない。仕事の不満と妻に対する苛立《いらだ》ちも後押しして、忠雄を駆り立てていった。

3

「森沢さん……」

肩をそっと抱くと、女体が驚いたようにピクッと震える。その反応が牡《おす》の欲望を煽り立てた。

思いきって唇を重ねていく。菜々子の唇は微かに震えていた。

（ああっ、なんて柔らかいんだ）

蕩《とろ》けるような感触が伝わってきて、ますます気分が盛りあがった。

そのまま女体を抱きしめると、舌を伸ばして唇の狭間《はざま》に忍ばせていく。菜々子は困惑した様子で眉を八の字に歪めている。艶っぽい表情に誘われて、忠雄はさらに舌を埋めこんだ。

「はンンっ」

菜々子が微かに鼻を鳴らして身を硬くする。しかし、決して抗《あらが》うことなく、忠雄の舌を受け入れていた。

唇が半開きになっている。忠雄は舌先で恐るおそる彼女の歯茎をなぞり、頬の内側に這いまわらせた。さらに舌を奥へと潜りこませていく。すると、菜々子のほうから、そっと舌を伸ばしてきた。

「ンっ……はあンっ」

ため息にも似た声が漏れている。菜々子の声を聞きながら、舌をからめ合わせて吸いあげた。

(妻以外の女と……人妻とキスしてるんだ)

心のなかでつぶやくと、瞬《また》く間に興奮がふくれあがる。

ボクサーブリーフのなかでペニスがむくむくと頭をもたげて、スラックスの股間が張りつめた。

彼女の黒髪から漂ってくる甘いシャンプーの香りが鼻腔をくすぐる。たまらず柔らかい女体を抱きしめて、舌を思いきり吸いあげた。とろみのある唾液が口内に流れこんでくると、夢中になって貪り飲んだ。

（ああっ、最高だ）

かぐわしい香りとメープルシロップのような味わいにうっとりする。興奮にまかせて唾液をそっと口移しした。

「はンっ……ンむぅっ」

菜々子は困惑した様子で小さく呻《うめ》く。それでもキスを中断することなく、忠雄の唾液を嚥下《えんげ》した。

さらに舌をからめて粘膜同士を擦り合わせる。ヌルリヌルリと滑る感触が心地よくて、ペニスがますます硬くなっていく。スラックスの前は大きなテントになっており、先ほどから心臓の鼓動に合わせてヒクついていた。

（も、もう、我慢できない）

ようやく唇を離すと、シャツの胸のふくらみに手のひらを重ねる。たっぷりとした感触が伝わるが、ブラジャーのカップが邪魔だった。

「よ……吉村さん」

菜々子は濡れた瞳で見つめてくるが、いやがる素振りはいっさいない。だから忠雄は遠慮なくシャツを脱がしていった。すると、レースがあしらわれたベージュのブラジャーが、柔らかいふくらみを包んでいた。

すぐさま背中に手をまわすと、震える指先でホックをはずす。とたんにカップが弾け飛び、双《ふた》つの乳房が勢いよくまろび出た。

「おおっ……」

思わず感嘆の声が溢れ出す。

妻の美紗よりひとまわり大きな乳房だ。マシュマロのように白くて柔らかく、プルプルと揺れていた。曲線の頂点には清らかな桜色の乳首が乗っている。ほとんど無意識のうちに右手を伸ばして柔肉を揉みあげた。

「あンっ……恥ずかしいです」

菜々子が微かに腰をよじらせる。すると、大きな乳房が誘うように波打った。

人妻の恥じらう表情に牡の欲望が煽られる。ペニスの先端から我慢汁が溢れて、ボクサーブリーフの裏地に染みこむのがわかった。

(や、柔らかい……柔らかいぞ)

ついつい鼻息が荒くなってしまう。

指を軽く曲げるだけで、柔肉のなかに沈みこんでいくのだ。力を入れすぎると壊れてしまいそうで、慎重にゆったり揉みあげる。たったそれだけで、乳房はいとも簡単に形を変えた。

双つの乳房を交互に揉みあげて、柔らかさを堪能する。そして、先端で揺れている乳首をそっと摘まんだ。

「ああっ」

女体が小さく跳ねあがった。

どうやら、乳首が敏感らしい。軽く触れただけで充血して、あっという間にぷっくりふくらんだ。

左右の乳首を摘まんでは、やさしく転がしていく。そのたびに女体がぶるるっと震えて、彼女の唇から切れぎれの喘ぎ声が溢れ出す。感じているのは間違いなく、フレアスカートに包まれた下肢をしきりにもじもじさせていた。

「ああンっ、よ、吉村さん……」

菜々子が焦《じ》れたようにつぶやいたそのときだった。突然、ガラステーブルに置いていた忠雄のスマホが着信音を響かせた。

(なんだよ、こんなときに……)

無視しようかと思ったが、会社からかもしれない。スマホを手に取って画面を確認すると、そこには「加藤」と表示されていた。

「やばい、課長からだ」

つい焦った声をあげてしまう。

まさか同じ日に二度も連絡をしてくるとは予想外だ。すると、菜々子が潤んだ瞳で見つめてきた。

「黙ってますから出てください」

「テレビ電話なんです。まいったな」

こうしている間も着信音が響いている。業務連絡があるのか、それとも抜き打ちチェックなのか、いずれにせよ出ないとまずい。勤務時間中はいつでも連絡を取れるようにしておく決まりだった。

「じゃあ、わたしは隠れてます」

菜々子はそう言うなり、ソファからおりて忠雄の足もとにひざまずいた。

確かにこれなら、彼女の姿がスマホのカメラに映りこむことはないだろう。もう迷っている時間はない。早く出ないと怪しまれる。自宅のリビングにいる振りをするしかなかった。

いた。

「はい、吉村です」

背すじを伸ばして表情を引きしめる。画面には不機嫌そうな顔をした加藤が映って

「すみません、すぐに終わると思うので」

忠雄は早口で告げると、通話ボタンをプッシュした。

「なにやってるんだ。早く出ろ」

いきなり怒声が聞こえてくる。それだけで忠雄は畏縮して肩をすくめた。

「す、すみません」

「さっきパソコンのほうに連絡を入れたんだが、つながらなかったぞ。今、どこにいるんだ?」

「リ、リビングです。自宅の……」

嘘をつくしかなかった。

勤務時間中なので、自宅以外の場所にいることを知られてはならない。人妻とふたりきりで、しかも、いかがわしい行為に及んでいたのだ。なんとしても隠しとおさなければならなかった。

「仕事はどうした。さぼってたわけじゃないだろうな」

「ちょ、ちょっとトイレに……腹の具合が悪くて」

この場を切り抜けようとして、つい嘘を重ねてしまう。

その直後、股間に甘い刺激が走り抜けた。足もとにひざまずいていた菜々子が、スラックスの上からペニスに触れたのだ。まだ屹立《きつりつ》したままの肉竿《にくざお》をつかみ、布地ごしにゆっくり擦ってきた。

「うっ……」

こらえきらない声が漏れてしまう。懸命に平静を装いながら、視界の隅に映った菜々子の姿を確認した。

（ちょ、ちょっと、なにを……）

その瞬間、忠雄は激しく動揺してしまう。

なぜか菜々子はいたずらっぽい笑みを浮かべて股間を擦り、さらにはベルトを緩めてスラックスを脱がそうとする。忠雄は右手でスマホを持ちながら、左手でスラックスのウエストをつかんだ。

「自宅にいるくせに、健康管理もできないのか」

画面のなかの加藤が、ますます不機嫌な顔になっている。今にも噛《か》みつきそうな様子でにらんできた。

「す、すみません」

忠雄にできるのは謝ることだけだ。すると、その隙を突くように、スラックスとボクサーブリーフがまとめて引きおろされた。

「あっ……」

「なんだ、急にでかい声を出して」

思わず声を漏らすと、加藤が怪訝そうな顔をする。忠雄は冷や汗を浮かべて小さく首を左右に振った。

「な、なんでもないです……ちょっと腹の調子が……」

必死にごまかそうとして、口から出まかせを重ねていく。もうこうなったら腹痛で押しきるしかなかった。

(ま、まずい……)

股間をチラリと見やると、ペニスが剝《む》き出しになっている。ますます焦りが大きくなり、全身が汗だくになっていた。

万が一にも下半身をカメラの前にさらすわけにはいかない。そう思うと、どうしてもスマホが上向きになって、自分の顔を煽るように撮ってしまう。こうしている間にスラックスとボクサーブリーフは足から完全に抜き取られた。

（森沢さん、なにやってるんですか）

心のなかで語りかけると、菜々子は妖《あや》しげな微笑を浮かべて見あげてくる。清らかな人妻が、こんなことをするとは信じられない。彼女は忠雄の膝に手をかけて左右に大きく割りひろげると、脚の間に入りこんでくる。そして、屹立したペニスをまじまじと見つめてきた。

（な……なにを……）

忠雄は平静を装うのに必死だった。

ペニスに視線を感じるだけでも緊張するのに、彼女の熱い吐息が亀頭に吹きかかっているのだ。むず痒いような刺激がひろがり、腰をよじりたい衝動がこみあげる。だが、下手に動くのは危険だった。

「ところで、今まで係長が管理していた顧客名簿はどこにあるんだ？」

加藤が真剣な表情で尋ねてくる。

どうやら抜き打ちチェックではなく、本当に聞きたいことがあったらしい。顧客名簿なら主任が管理しているはずだ。忠雄は在宅勤務ということもあり、もう重要なデータはまかされていなかった。

「くぅっ……」

そのとき、生の肉棒に菜々子のほっそりした指が巻きついた。こらえきれず、またしても小さな呻き声が漏れてしまった。

「おい、聞いてるのか」

加藤のむっとした声が聞こえた直後、ペニスの先端が熱いものに包まれた。

己《おのれ》の股間をチラリと見やれば、菜々子が亀頭をぱっくり咥《くわ》えこんでいる。清楚な人妻という雰囲気の菜々子が、まさかこの状況でフェラチオするとは信じられない。しかも、旦那ではない他人のペニスだ。

「係長！」

「は、はい……き、聞いて……ます」

加藤の呼びかけに応えるが、どうしても声が震えてしまう。

なにしろ人妻がペニスを口に含んで、柔らかい唇でカリ首をやさしく締めつけているのだ。強烈な快感が湧き起こっている。理性の力を総動員しなければ、平常心を保つことはできなかった。

(も、森沢さんっ)

左手を伸ばして、菜々子の頭を押し返そうとする。

ところが、彼女はまったくやめる様子がない。それどころか、顔をゆっくり押しつけてくる。柔らかい唇が硬い竿の表面をじわじわ滑り、反り返ったペニスを少しずつ呑みこみはじめた。

「うっ……うぅっ」

なんとしても耐えなければならない。しかし、菜々子は唾液を塗りつけながら、ついには肉柱を根元まで呑みこんだ。

すぐに舌を伸ばして亀頭を飴玉《あめだま》のように舐《な》めまわしてくる。張り出したカリの裏側にも舌先が入りこみ、唾液を塗りつけてきた。さらには尿道口をチロチロとくすぐられて、たまらず腰に小刻みな震えが走った。

「うぐぐっ」

とてもではないが、じっとしていられない。奥歯を食いしばっても、こらえきれない声が溢れ出した。

「係長……大丈夫か？」

ふいに加藤の声が変化する。意外なことに、忠雄を心配するような響きがまざっていた。

「だ、大丈夫です」

本当はペニスをしゃぶられて、我慢できないほど興奮している。カウパー汁がとめどなく溢れているのに、菜々子は気にする様子もなくしゃぶっているのだ。首をゆったり振りはじめて、唇で太幹を擦りあげてきた。

「ンっ……ンっ……」

菜々子が微かな声を漏らしながら、唇でペニスをしごいてくる。蕩けるような快感の波が押し寄せて、急激に射精欲が盛りあがった。

「くっ……ま、待って……」

つい菜々子に声をかけてしまう。これ以上、刺激を与えられたら耐えられそうにない。暴発寸前まで興奮が高まっていた。

「おい、どうした？」

加藤が慌てた様子で声をかけてくる。自分が話しかけられたと思って、怪訝そうな目を向けてきた。

「も、もう……」

我慢の限界に近づいている。

ところが、菜々子はこの状況を楽しんでいるのか、首振りをやめようとしない。さらには駄目押しとばかりに唾液をたっぷり塗りつけて、思いきりジュルジュルと吸い立ててきた。

「くううッ……む、無理……」

「そんなに腹が痛いのか？」

尋ねられても、もう答える余裕もない。忠雄はスマホを握りしめたまま、汗だくになって唸ることしかできなかった。

「あっ、トイレか。悪かった。また連絡する」

もう耐えられないと思ったとき、加藤が一方的に電話を切ってくれた。口うるさい上司だが、勘違いをしてくれたおかげで助かった。

4

「も、森沢さんっ」

忠雄はスマホを置くなり、両手で菜々子の頭をつかんだ。

「なにしてるんですかっ」

股間から彼女の頭を引き剝がす。すると、すぼめた唇からペニスが抜け落ちた。

「あンっ」

菜々子が抗議するような声を漏らして、忠雄の顔を見あげてくる。それでも、右手の指を肉胴にしっかり巻きつけていた。

「危ないじゃないですか。上司とテレビ電話をしていたんですよ」

さすがにむっとして告げるが、彼女はまったく応えた様子がない。どこか呆《ほう》けたような瞳で、色っぽいため息を漏らしていた。

「でも、こんなに硬くなってますよ」

まさか菜々子の唇から、そんな言葉が紡《つむ》がれるとは思いもしなかった。

スーパーで見かけるときは清楚な雰囲気だが、今は別人のように艶めいた表情になっている。口もとに妖しげな笑みを浮かべて、夫ではない男のペニスに指を巻きつけているのだ。普段の彼女からは想像できない姿だった。

「も、森沢さん……ううっ」

我慢汁と唾液にまみれた肉胴を、ほっそりした指で擦られる。またしても、亀頭の鈴割れから透明な汁がジクジク溢れ出した。

「すごく濡れてますよ。吉村さんのここ……」

右手で太幹をしごきながら、左手の人差し指で尿道口に触れてくる。我慢汁が付着するのも構わず、まるで楽しい玩具でも見つけたようにいじりまわしてきた。

「どんどん溢れてきますよ。気持ちいいですか？」

菜々子のささやく声も性感を刺激する。ペニスはますます硬くなり、まるで鉄棒のようにそそり勃《た》った。

「ああっ、すごく硬いです」

「うっ……ううっ……」

忠雄の口から快楽の呻き声がひっきりなしに漏れていた。

屹立したペニスを柔らかい指であやされながら、敏感な尿道口をクチュクチュと刺激されているのだ。人妻の手で愛撫されて、もう昇りつめることしか考えられなくなっていた。

「も、もう……もうダメですっ」

今にも射精しそうになって訴える。すると、彼女は手をすっと離して、屹立したペニスが虚《むな》しく揺れた。

「あぁ……」

つい不満げな声が漏れてしまう。絶頂を目前ではぐらかされて、行き場を失った欲望が激しく渦巻いている。忠雄は脚を大きく開いた恥ずかしい格好で、はしたなく股間を突きあげた。

「ふふっ……まだダメですよ」

菜々子はすっと立ちあがり、ガラステーブルを奥へと押しやった。そして、フレアスカートを脱いで、ソファにはらりと置いた。

股間に張りついているのは、人妻らしいベージュのパンティだ。細い指をウエスト部分にかけると、挑発的な瞳を忠雄に向けながら脱ぎはじめる。焦らすようにゆっくり引きさげて、左右のつま先から交互に抜き取った。

これで彼女が身に着けているものはなにもない。リビングの中央で生まれたままの姿になり、恥丘にそよぐ黒々とした陰毛をさらしていた。

（こ、こんなに……）

忠雄の視線は彼女の股間に釘付けになった。

淑《しと》やかな顔立ちからは想像がつかない濃厚な秘毛だ。情の濃さが滲み出ているようで、ついつい前のめりになって見つめていた。

「吉村さん、こっちに……」

菜々子がささやきかけて、右手をすっと伸ばしてくる。

忠雄はその手を無意識のうちにつかんでいた。軽く引かれてソファから腰を浮かせると、彼女に導かれるまま絨毯の上で仰向《あおむ》けになった。

「わたしも、もう……」

菜々子が股間をまたいでしゃがみこんでくる。

そのとき、白い内腿《うちもも》の奥がはっきり見えた。桜色の女陰がヌラヌラと濡れ光っている。夫以外のペニスをしゃぶったことで彼女も興奮したのか、すでに大量の華蜜で陰唇が潤っていた。

ゆっくり腰を落とすことで、濡れそぼった彼女の股間が、屹立したペニスの先端に近づいてくる。このままでいくと、どうなるのか考えるまでもなかった。

「あ、あの……」

忠雄はかすれた声でつぶやいた。

射精寸前まで昂《たか》ぶっているが、この期《ご》に及んで躊躇《ちゅうちょ》してしまう。自分も彼女も既婚者だ。挿入すればダブル不倫になってしまう。フェラチオだけならまだしも、セックスするとなると罪悪感が一気にこみあげた。

「硬い……すごく硬いです」

菜々子が右手を伸ばして、太幹を握ってくる。軽く握られただけで、甘い痺れがひろがった。

「ほ、本気……ですか」

「だって、うちの人が相手にしてくれないから……」

彼女が淋しげにつぶやいた。

どうやら、セックスレスらしい。菜々子ほどの女性と結婚しておきながら、セックスしないとはもったいない話だ。しかし、夫は浮気をしているらしく、妻を相手にしなくなっても不思議ではなかった。

菜々子は両足の裏を絨毯につけた状態で腰を落としてくる。膝を外側に開いて、白い内腿をさらしたガニ股になっている。はしたない格好が興奮を誘い、ペニスの先端から我慢汁が次々と湧き出した。

「あンっ」

陰唇と亀頭が触れた瞬間、菜々子の唇から甘い声が溢れ出す。女陰の柔らかい感触が伝わり、忠雄も呻き声を漏らしていた。

「ううっ……」

一瞬、妻の顔が脳裏に浮かぶ。不倫に走ることへの罪悪感も胸にある。だが、すでに人妻の女陰が亀頭にぴったり密着しているのだ。散々焦らされた状態で、欲望は限界までふくれあがっていた。

（い、挿《い》れたい……ううッ、挿れたいっ）

この状況で拒絶することなど不可能だ。本能が快楽を求めている。欲望を満たしたくてたまらない。忠雄は肉欲のままに股間を突きあげた。

「ああぁッ、い、いきなり……」

女体がビクッと反応して、たっぷりした乳房が大きく弾む。菜々子は驚いた様子でつぶやき、両手を忠雄の腹に置いた。

「くううッ」

忠雄も思わず呻いて、全身の筋肉を硬直させる。快感が全身を貫き、両足をつま先まで突っ張らせた。

亀頭が膣《ちつ》のなかに沈みこんでいる。濡れた襞《ひだ》がからみつき、膣口がカリ首を締めつけていた。女壺のなかは大量の華蜜で潤っている。膣襞は熱気を帯びており、亀頭を咀嚼《そしゃく》するように蠢《うごめ》いていた。

「も、もっと……ああンっ」

菜々子が自ら腰を落としこんでくる。それにともない、反り返った肉柱が女壺のなかに埋まっていく。やがて根元まで完全にはまりこみ、膣のなかに溜まっていた愛蜜がグチュッと溢れ出した。

「おおッ……」

鮮烈な快感がひろがり、反射的に両手の指を絨毯にめりこませる。首を持ちあげて見おろせば、ふたりの股間が密着して、互いの陰毛がからみ合っていた。

「ああっ……ここまで来てます」

菜々子が自分の臍《へそ》の下に、右手を押し当てて喘いだ。

ペニスの先端がそこまで到達しているらしい。たまらなそうに眉を歪めると、下腹部に指をめりこませる。そして、腰をゆったり回しはじめた。

「あンっ、硬い……ああンっ」

「ちょ、ちょっと……くううッ」

忠雄は慌てて奥歯を食いしばった。

彼女が円を描くように腰を動かすことで、膣内に収まっているペニスが四方八方から刺激される。濡れた媚肉で肉竿を揉みくちゃにされて、瞬く間に快感の大波が押し寄せてきた。

「ああっ、吉村さん、硬くて気持ちいいです」

菜々子がうっとりした表情でつぶやき、腰をスローペースで回しつづける。まるで男根を味わうような、ねちっこい腰の動きだ。結合部からはヌチャッ、ニチャッという湿った蜜音が響いていた。

「ううッ……き、気持ちいい」

黙っていると快楽に流されてしまいそうだ。

動きは激しくないのに、目も眩《くら》むような愉悦《ゆえつ》がひろがっている。人妻の女壺がもたらす悦楽が、全身にじわじわと蔓延《まんえん》していく。いつしか頭のなかが燃えあがったようになり、腰が小刻みに震え出した。

（こ、このままだと……）

黙っていても達してしまう。

忠雄は反撃とばかりに両手を伸ばすと、双つの乳房を揉みあげた。柔肉に指をめりこませてゆったりこねまわす。蕩けるような柔らかさを堪能しながら、先端の乳首を指先で転がした。

「はあンっ、そこ……弱いんです」

菜々子が甘い声を漏らしたかと思うと、上半身にブルルッと震えが走った。

いつしか腰の振り方が、円運動から上下動に変化している。むちっとした尻を弾ませることで、男根がヌプヌプと出入りをくり返す。無数の膣襞もざわめいて、太幹を舐めまわしてきた。

「も、もう……くおおおッ」

これ以上は我慢できない。忠雄は両手で彼女の腰をつかむと、真下から股間を勢いよく突きあげた。

「あううッ、い、いいっ」

菜々子も喘ぎ声を響かせて腰を振る。ふたりの動きが一致することで、快感がますますふくれあがった。

カリで膣壁を擦りまくれば、華蜜が次から次へと溢れ出す。湿った音が大きくなることで、聴覚からも興奮が煽られる。自然と腰の動きが加速して、ふたりは絶頂への急坂を昇りはじめた。

「ああッ……ああッ……よ、吉村さんっ」

「くううッ、も、もう、おおおッ、もう出そうですっ」

欲望にまかせて腰を振りまくる。男根を真下から突きあげるたび、人妻の女体が大きく揺れた。弾む乳房と悩ましく歪んだ顔を見つめて、一心不乱にペニスを抜き差しした。

「わ、わたしも、あああッ、もうダメですっ」

菜々子が切羽つまった声を振りまき、下腹部をビクビク波打たせる。その痙攣《けいれん》が瞬く間に全身へとひろがった。

「あああッ、イクッ、イクイクッ、はあああああああッ！」

ついに菜々子が絶頂を告げながら昇りつめる。顎が跳ねあがり、女体が大きく仰《の》け反った。

「おおおおッ、で、出るっ、おおおッ、ぬおおおおおおおッ！」

忠雄も引きずられるように達していく。女壺に埋めこんだ男根が脈打ち、精液が勢いよく噴きあがった。女体の痙攣はいっこうに収まらない。膣が猛烈に収縮して、ペニスに思いきりからみついてくる。

射精中も膣襞が蠢くのがたまらない。全身の体毛が逆立ち、頭のなかが燃えるような真紅に染まる。脳髄まで蕩けていくような、久しぶりに味わう会心の射精だった。

絶頂の快感は延々とつづき、睾丸のなかが空になるまで放出した。

やがて菜々子が力つきたように倒れこんできた。忠雄はとっさに両腕をひろげて、女体をしっかり抱きとめた。

欲望を出しつくしたことで、頭の片隅に追いやっていた罪悪感を思い出す。

性欲に負けて不貞を働いてしまった。妻のことを思うと胸の奥が痛むが、今は考えないようにして菜々子の女体を抱きしめた。

第二章　駐車場で密会

1

菜々子と体の関係を持ってから三日が経っていた。

妻を裏切ってしまったという後悔が胸にある。なにしろ、結婚してからはじめての浮気だった。

（どうして、あんなことを……）

思い返すたび、自己嫌悪に陥《おちい》ってしまう。

いくらテレワークでストレスがたまっていたとはいえ、そんなことは理由にならなかった。

ただ、やってしまった以上、なんとしても隠しとおさなければならない。

妻の前では平静を装っているが、罪悪感に押しつぶされそうになっていた。今朝も仕事に向かう妻を送り出すのがつらかった。

だから、今日の昼休みはスーパーに行かず、掃除機をかけ、家中を掃除した。せめてもの罪滅ぼしのつもりだった。

昼飯はカップラーメンで手早くすませて、午後は普通に仕事をした。

あれから菜々子とは会っていない。たまたまなのか避けられているのかはわからないが、今のところスーパーやマンションで顔を合わせることはなかった。

いずれにせよ、深入りするべきではないだろう。

最高の快楽と興奮を体験できたが、だからこそ癖になりそうで怖かった。ただ菜々子はどう考えているのだろうか。正直なところ、もしまた誘われたら、不倫の後ろめたさはあるが、頑として拒絶できるか自信はなかった。

課長の加藤は翌日連絡してきた。

めずらしく体調を気遣《きづか》う言葉をかけてきたが、大丈夫だとわかると加藤は一方的に通話を切った。相変わらず感じは悪かったが、いつものことなので慣れている。もはやなにも感じなくなっていた。

（おっ、そろそろ終わりにするか）

時計の針は定時の夕方五時を指している。一日の仕事を終えて、忠雄は椅子の背もたれに寄りかかって大きく伸びをした。

解放感に浸っていると、ふとスーパーでレジ打ちをしている今野逢花の顔が脳裏に浮かんだ。

今日は昼に買い物へ出かけなかったので顔を見ていない。逢花は何時まで働いているのだろうか。

(行ってみるか)

そうと決めたら行動は早かった。

逢花に会えるかどうかはわからない。とにかく、急いで支度をするとスーパーに向かった。

売場をさっとまわり、買い物カゴにカップラーメンを入れてレジに向かう。ところが、どのレジにも逢花の姿は見当たらなかった。

時刻は夕方五時十五分になったところだ。今日は休みなのか、それともすでに勤務時間が終わっているのか。

忠雄は商品をマイバッグにつめると、肩を落としながら店をあとにした。

すでに外は薄暗くなっている。マンションに向かって歩きはじめたとき、スーパーの裏手からひとりの女性が出てきた。

（あっ……）

横顔がチラリと見えて、はっと息を呑んだ。ほんの一瞬だったが、すぐに逢花だとわかった。

黒地に小花を散らした柄《がら》のフレアスカートに焦げ茶のダッフルコートを羽織っている。制服のエプロンをつけていないところをみると、仕事が終わって家に帰るところかもしれない。

逢花はこちらに背中を向けて歩いていく。たまたま帰る方向が同じで、忠雄は彼女のあとをついていく状態になった。

（逢花さんの家もこっちなのか）

話しかける勇気はないので、距離を置いて歩いた。

逢花は忠雄の顔など覚えていないだろう。いきなり話しかけたら困惑するに違いない。忠雄はたくさんいる客のひとりにすぎなかった。

今日も逢花に会うことができた。

それだけでも、買い物に出てよかったと思う。彼女のやさしげな顔を目にして、心がほっこり温かくなる気がした。

前方を歩いている逢花が、右に曲がって住宅街に入っていく。マンションは直進なので、これでお別れだ。忠雄はそのまま歩きながら、彼女が曲がった方向にさりげなく視線を向けた。

（おっ……）

曲がって三軒目の家に、逢花がちょうど入っていくところだった。ごく普通の一軒家だ。どうやら、そこが自宅らしい。彼女が入った直後、暗かった窓に明かりが灯《とも》った。

これから夫の帰りを待ちながら夕飯を作るのだろうか。

そんなことを考えると、顔すら知らない夫に嫉妬がこみあげてくる。一度でいいから彼女に食事を作ってもらいたい。そして、ひと晩だけでいいから相手をしてもらいたかった。

（バカだな……なにを考えてるんだ）

胸のうちで自嘲的につぶやいた。

こんな妄想をしてしまうのも、テレワークで家にこもっているせいだろうか。どう考えても健康的な生活とは思えない。運動不足も感じているので、せめて買い物には出たほうがいいだろう。

これからも毎日、散歩がてらスーパーに行くつもりだ。そして、逢花の顔を見て癒されれば、少しは仕事もやる気が出るだろう。

2

翌日、妻は休みで家にいた。

とはいっても、今夜は夜勤なので、夜になったら出かけなければならない。仕事に備えて昼間のうちに体を休めておく必要がある。つくづく看護師というのは不規則で大変な仕事だった。

妻が勤務する病院では、三交代制が採用されている。日勤が午前八時から午後四時半まで。準夜勤が午後四時から午前零時半まで。そして深夜勤が午前零時から午前八時半までとなっていた。

今夜の美紗は深夜勤だ。だから、どうしても忠雄とは生活のリズムが合わない。仕方のないことだが、夫婦としては淋しかった。

忠雄はこの日も朝から書斎にこもってパソコンに向かっていた。

やがて昼になったのでリビングに行ってみる。もしかしたら、妻が昼食を作ってくれたかもしれないと期待していた。

ところが、リビングに妻の姿がない。どこに行ったのかと探してみると、昼間からシャワーを浴びていた。

この様子だと昼飯は用意していないようだ。だからといって、自分の分だけ買いに行くわけにもいかない。先日、浮気をした罪悪感もあり、妻にやさしく接するように心がけていた。

美紗がバスルームから出てくるのを待って、昼飯をどうするか決めるつもりだ。

(たまには出前でも取るか)

そんなことを考えながらソファにごろりと横たわった。

見るともなしにテレビを眺めながら待っていると、しばらくして美紗がリビングに入ってきた。

「昼飯、どうする?」

そう尋ねた瞬間、妻の表情が変わった。

「わたしに作れって言うの?」

なにか誤解を与えてしまったらしい。虫の居所が悪いのか、いきなり美紗が突っかかってきた。

らした。

「いや、そういう意味じゃなくて、出前でも取ろうかってことなんだけど」

内心むっとしながらも、気持ちを抑えて説明する。ところが、妻はすっと視線をそ
「いらない」

美紗が発したのはひと言だけだった。

最近、こういうことがよくある。忠雄がテレワークになったのが原因で、妻は不満をためこんでいた。

家にいるのだから、もっと家事を積極的にやってほしいと思っているのは知っている。だが、忠雄だって仕事をしているのだ。家にいるからといって、暇を持てあましているわけではなかった。

「そうか……わかった」

苛立ちを押し隠してつぶやいた。

言い返したところで喧嘩になるだけだ。ただでさえ在宅勤務でストレスがたまっている。よけいに苛々したくなかった。

美紗を待っていたため、もうスーパーに行く時間はない。仕方ないので昼飯はカップラーメンですませることにした。

夕方五時になり、一日の仕事を終えた。

長時間パソコンに向かっていたため肩が凝っている。首をまわしながらリビングに向かうと、妻がソファに座っていた。

「今日は深夜勤だけど、夕飯、食べていくだろ？」

「あと一時間くらいしたら出るわ。同僚が相談に乗ってほしいって言うから、仕事の前に会うの。あんまりきついから、転職を考えてるみたい」

やはり過酷な職場なのだろう。同僚が転職するという話は、妻の口からよく聞いていた。

「なんか食べなくていいの？」

夜勤は疲れると聞いているので、体を気遣って声をかけたつもりだ。ところが、とたんに美紗の目が吊りあがった。

「わたし、今から仕事なの」

「わかってるよ。だから、その前に腹ごしらえを――」

「食事の支度をしてる時間なんてないの。わからない？」

昼間と同じだ。勝手に勘違いをして怒っている。忠雄は晩飯を作れなどとは言っていないが、妻はそう思いこんでいた。

「そうじゃなくて――」

「だいたい、あなたは一日中、家にいるのだから、少しは家事を手伝ったら？　どうせ時間はいくらでもあるんでしょ」

さすがにカチンと来た。

いくら夫婦でも、いや、夫婦だからこそ、言っていいことと悪いことがある。ヒステリックに罵《ののし》られて、瞬間的に腸《はらわた》が煮えくり返った。

「俺がろくな仕事をしてないと言いたいのか」

黙っていられずに言い返す。すると、美紗は一歩も引く様子がなく、怒りを滲ませた瞳でにらんできた。

「そんなこと言ってないわ」

「じゃあ、どういう意味だ」

「共働きでも女が家事をするのが当たり前だと思ってるんでしょ。少しは手伝いなさいって言ってるの」

妻の言い分もわからないことはない。テレワークになる前、普通に出勤していたときは、家事をほとんどやったことがなかった。

でも、今は手伝っているつもりだ。洗濯物を取りこんだり、スーパーでは自分の昼飯だけではなく、妻も食べるヨーグルトや果物なども買っている。なにもしていないと怒られるのは心外だった。

「俺が掃除したの気づいてないだろ。昨日、掃除機をかけたんだぞ」

怒りのあまり、つい声が大きくなってしまう。

だが、間違ったことは言っていない。美紗は昨夜帰宅したとき、部屋がきれいになっていることにまったく気づかなかった。恩着せがましいと思って、掃除機をかけたことは言わなかったが、少しがっかりしたのは事実だ。

「だからなに？　俺はこんなにやってるんだって言いたいわけ？」

美紗がたじろいだのは一瞬だけで、すぐに言い返してくる。自分の落ち度を認めようとしない態度に、ますます腹が立った。

「話すだけ無駄だな」

もはや話し合いという雰囲気ではない。いっしょにいたところで、口論がエスカレートするだけだ。

忠雄は妻に背中を向けるとリビングをあとにした。

ブルゾンを羽織って、財布とスマホをポケットに突っこんだ。車のキーを持って外に出ると、エレベーターを使わず階段を駆けおりた。

頭に血が昇っている。とにかく、今は妻の顔を見たくなかった。

そのままマンションの駐車場に向かうと愛車に乗りこんだ。中古で購入した国産の白いセダンだ。ドアを閉めると、大きく息を吐き出した。

すでに日は落ちて、外灯の明かりがフロントガラスごしに差しこんでいた。

夜になって気温はだいぶさがっている。車内も冷えるが、今は怒りが全身に蔓延しているので寒さは感じない。それどころか体が火照《ほて》っているので、キーをまわして窓を開けた。

(なんで、俺が出ていかなくちゃいけないんだ)

ふと疑問が湧きあがる。

勢いにまかせて飛び出したが、忠雄だけが悪いわけではなかった。夫が出ていこうとしているのに、妻が追いかけてこなかったことも腹立たしい。考えれば考えるほど苛々してくる。

「クソッ！」

忠雄は怒りにまかせてハンドルを強くたたいた。

このままどこかに遠くに行ってしまおうか。しかし、行く当てはなかった。晩飯を食べていないが、怒っているせいか食欲はない。それより、この苛立ちをなんとかしたかった。

妻は一時間後ぐらいに出かけると言っていたから、しばらく待っていればいなくなるだろう。それまで車のなかで時間をつぶすしかなかった。

フロントガラスの向こうに視線を向ける。

仕事から帰ってきたであろうスーツ姿の中年男が歩いていた。もう、ずいぶんスーツを着ていない気がする。少し前まで、自分もスーツを着て普通に通勤していた。それなのに、どうしてこんなことになってしまったのだろう。

憤怒と落胆が胸のうちで渦巻いている。

すべては在宅勤務になったことが原因だ。妻と衝突することが増えて、ついには爆発してしまった。

そのとき、マンションから出てくる人影が見えた。

女性だ。一瞬、妻かと思ったが、服装ですぐに違うとわかった。

黒革のミニスカートに黒いVネックのセーター、その上に白いパーカーを羽織っている。ミニスカートの裾《すそ》からは、ストッキングもタイツも穿いていない生脚が露出していた。

外灯の明かりが彼女を照らし出す。

明るい茶色の髪をなびかせて、ハイヒールをカツカツ鳴らしながら歩いてきた。二十代前半だろうか。剝き出しの脚はスラリとして、足首は細く締まっている。不機嫌なのか目つきがやけに鋭いが、なかなか整った顔立ちをしていた。

彼女はまっすぐこちらに向かって歩いてくる。そして、車に乗っている忠雄に気づくと、怪訝そうに眉をしかめた。

(ど……どうも)

同じマンションの住民だと思ったので、一応、会釈をしておく。ところが、彼女は会釈を返すことなく、隣に停まっていた車に乗りこんだ。

赤いスポーツカーだ。車高が低く見えるが、気のせいだろうか。車のことは詳しくないが、いかにもやんちゃな人たちが好みそうな車種だった。

なんとなく気になって横目で観察する。

彼女は運転席に座ったきり、エンジンをかける様子がない。シートベルトも締めることなく、スマホをいじりはじめた。

(なにやってるんだ？)

どこかに出かけるわけではないようだ。スマホなら家で見ればいいのに、どうしてわざわざ車に移動してきたのだろうか。

ふたりともエンジンをかけることなく、車の運転席に座っている。外から見ることができたら、きっと奇妙な光景だろう。自分でも馬鹿なことをしていると思うが、今、家に戻るのは負けのような気がしていやだった。

(それにしても……)

忠雄はまたしても隣の車に乗った女性をチラリと確認した。

今までは普通に通勤していたので、マンションの住民と顔を合わせることはほとんどなかった。だから先日、スーパーで知り合った菜々子も、同じマンションの住民とは思いもしなかった。

(こんな感じの人も住んでるんだな)

治安のいいマンションなので意外な気がした。

人を外見で判断してはいけないと思うが、隣の車でスマホをいじっているのは、お世辞にも柄のいい女性とは言えない。ヤンキー風というか、少なくとも美紗や菜々子とはまったく異なるタイプの女性だった。

(でも、意外とかわいい顔してるな……)

横顔を見ながらふと思う。

外灯に照らされた彼女の顔は思いのほか愛らしい。先ほどは鋭い目つきに圧倒されたが、よく見ると童顔だった。アイシャドウを落とせば、かなり幼い感じになるのではないか。

そのとき突然、彼女がスマホから顔をあげてこちらを見た。

「うっ……」

視線が重なり、思わず固まってしまう。すぐに顔をそむければよかったが、まるで射貫かれたように身動きできなかった。

彼女も鋭い視線を向けたまま動かない。やがて、隣の車のパワーウインドウがゆっくりさがった。

「なんか用？」

声は抑えているが、嚙みつくような言い方だ。

「い、いえ……別に……」

気圧《けお》されながらも、なんとか小声でつぶやいた。ところが、彼女は引きさがってくれない。運転席から助手席のほうに身を乗り出してきた。

「チラチラ見てたでしょ。気づかれてないとでも思ってた？」

声に怒りがこもっている。完全にヤンキー気質が剝き出しになっており、危険な匂いがプンプンした。

（や、やばい……これはやばいぞ）

頭のなかで警報が鳴り響いている。かかわってはいけない女だ。下手なことを言えば、揚げ足を取ってさらにからまれる気がした。

「ちょっと、こっちは聞いてんだけど」

彼女の声が低くなった。

なにか答えないとまずい。このまま黙っていると、ますます機嫌を損ねるのは目に見えていた。

「ラ……ライト……」

偶然、目に入ったことを口にする。

隣の車のポジションランプが点灯していた。たった今、気づいたので、いつから点《つ》いていたのかはわからない。とにかく、なにか言わなければと思って、とっさにつぶやいた。

「ライト？」

彼女が自分の車のメーターをのぞきこむ。そして、ポジションランプが点灯していることに気がついた。

「あっ、点きっぱなしだった」

すぐにスイッチを切ると、彼女は再びこちらに顔を向ける。先ほどまでとは表情が一変していた。

「ごめんね。教えようとしてくれてたんだ」

微笑さえ浮かべている。ただでさえ童顔なのに、笑うとよけいに幼く見えた。

(か……かわいい)

思わず見惚れそうになり、慌てて気持ちを引きしめる。

ようやく危機を脱したのに、ここでへまをすればまた怒らせてしまう。気を抜くべきではなかった。

「バッテリーがあがると面倒なので、気をつけたほうがいいですよ」

親切心を装って声をかける。これで一件落着だ。あとは二度とかかわらないようにするだけだった。

「じゃあ――」

窓を閉めようとしたとき、再び彼女が声をかけてきた。

「おじさんって親切なんだね」

「そ、そんなことは……」

若い女性からすれば、自分はもう「おじさん」なのだろう。少なからずショックを受けるが、もう四十歳なので仕方のないことだった。

「ねえ、ところで、さっきから車のなかでなにやってるの？」

茶色の髪を揺らしながら、興味津々《しんしん》といった感じで尋ねてくる。意外なことに人懐《ひとなつ》っこそうな笑みを浮かべていた。

「べ、別に……なにってわけじゃないけど……」

忠雄の声は尻すぼみに小さくなる。

妻と喧嘩して飛び出したのだが、そんなことを出会ったばかりの女性に話すつもりはない。適当なことを言ってごまかせばよかったが、とっさになにも思い浮かばなかった。

「えっ、なに？　よく聞こえないよ。そっちに行ってもいい？」

彼女はそう言うと、窓を閉めて車を降りる。そして、忠雄の車の助手席にまわりこみ、勝手にドアを開けて乗りこんだ。

「お邪魔しまーす」

口調はどこまでも軽かった。

まるで古くからの友だちのようになれなれしい。だが、不思議といやな感じはしない。愛らしい顔立ちのせいなのか、彼女の飾らない性格のせいなのか、とにかく車から追い出そうという気は起きなかった。

彼女はハイヒールを脱ぐと、踵《かかと》をシートに乗せて膝を抱えた。

膝を立てたことで、ミニスカートがずりあがっている。健康的な太腿が大胆に露出して、目のやり場に困ってしまう。忠雄は不自然なほど顔を正面に向けて、フロントガラスの向こうの景色を眺めていた。

思わぬ展開に忠雄が困惑していると、彼女は勝手に自分のことを語りはじめた。

彼女は二階に住んでいる向井《むかい》恵里奈《えりな》と名乗った。近くで見るとよけいに若く感じるが、二十四歳の人妻で子供はいないという。

「おじさんは？」

恵里奈の視線を横顔に感じる。

同じマンションに住んでいるのなら、今後も顔を合わせる機会があるだろう。忠雄は前を向いたまま名乗ると、簡単な自己紹介をした。

「ふうん……」

恵里奈は尋ねておきながら、興味がない様子で聞き流す。そして、すぐさま身を乗り出してきた。

「ちょっと、おじさん、聞いてよ。うちの旦那、浮気してるんだよ」

あまりにも唐突で返答に窮してしまう。

自分も浮気をしたので、人のことはとやかく言えない。忠雄はただうなずくことしかできなかった。

恵里奈の夫は六つ年上の三十歳で、居酒屋を経営しているという。

二年前に結婚して、当初はふたりで店を切り盛りしていた。ところが、いっしょに働いていると喧嘩が絶えなくなり、今は夫がひとりで経営している。そして、恵里奈はドラッグストアでアルバイトをしているという。

「やっぱさ、夫婦で店をやるのってむずかしいよね」

「そういうものですか」

「旦那が店長だけど、あたしも好き勝手なこと言っちゃうでしょ。それじゃあ、喧嘩になるよ」

経験者の話なので妙に説得力がある。忠雄は納得してうなずくが、恵里奈はすぐに話題を変えた。

「旦那のスマホを見ちゃったんだよね」

とはいっても、盗み見したわけではないらしい。テーブルに置いてあったスマホが鳴って、女の名前が表示されたのがたまたま目に入ったという。

「知らない女の名前で、旦那の様子もおかしかったから問いつめたの」

それで浮気が発覚した。相手は居酒屋の客だった。

店の営業時間は夕方六時から深夜一時までで、常連客が来れば明け方近くまでやっていることもある。仕込みや片づけの時間もあるため、帰りが朝になることもめずらしくない。そのため夫婦の生活は完全にずれていた。

「旦那は謝ってたけど、頭に来たから出てきちゃった。そうしたら、駐車場におじさんがいたんだよね」

つまりは夫婦喧嘩が原因で飛び出してきたのだろう。その話を聞いて、忠雄は妙な親近感を覚えた。

(うちといっしょじゃないか……)

妻と口論になったことを思い出すと、またしても沸々と怒りがこみあげてきた。

「それで、おじさんは、こんなところでなにやってるの？」

またしても恵里奈が尋ねてくる。

「向井さんと同じですよ。妻と喧嘩したんです」

「おじさんも浮気したの？」

恵里奈が眼光鋭くにらみつけてくる。旦那に対する怒りが再燃したらしい。忠雄は旦那と同類だと判断したようだ。

「ち、違いますよ」

浮気をしたのは事実だが、妻と口論になった原因はまったく違う。忠雄は誤解をとこうとして、テレワークになったことや、それによって妻が家事を頼んでくるようになったことなどを説明した。

「へえ、そうなんだ。おじさんも大変なんだね」

「たいしたことないよ」

そう言いつつ、共感されると内心うれしくなる。

誰かにやさしい言葉をかけてもらいたかったのかもしれない。出会ったばかりの若妻の言葉が心に響いていた。

「あーあ、つき合ってるころは楽しかったのになぁ」

恵里奈がしみじみとした調子でつぶやく。またしても彼女の言葉に共感して、忠雄は「そうだよな」と相づちを打っていた。

「ねえ、おじさん」

呼びかけられて、つい顔を向けてしまう。すると、恵里奈がじっとこちらを見つめていた。

「なんかさ、あたしたちって似てない？」

最初はナイフのように鋭かった瞳に、いつしか親しみがこもっている。そんな瞳を向けられるとうれしくなり、忠雄は思わずうなずいた。

「確かに……」

「だよね。なんか気が合うじゃん」

恵里奈が顔をグッと近づけてくる。茶色の髪がふんわり揺れて、甘いシャンプーの香りが漂ってきた。

「せっかくだから、ドライブに行こうよ」

なぜか恵里奈は盛りあがり、突然そんなことを言い出した。

なにが「せっかく」なのかはわからないが、ドライブは悪くない。もやもやした気分が晴れそうな気がした。

「じゃあ、ちょっと出かけますか」

忠雄が応じると、恵里奈は満面の笑みを浮かべた。

「やった！」

その無邪気な笑顔がかわいくて、胸がドキドキしてしまう。

「ちょっと待って。一応、旦那にメールを送っておこうかな……友だちのところに行くよ――これでいいや。はい、送信」

恵里奈はスマホをポケットにしまうと、忠雄に顔を見つめてきた。

「おじさんはいいの？　奥さんにメールしなくて」

「俺は……大丈夫……」

どうせ妻はこれから夜勤だ。忠雄のことなど気にもしないだろう。それにこちらからメールをするのは、負けを認めるようで抵抗があった。

「じゃあ、行こう。海が見たいな。あたし」

恵里奈にうながされて、車のエンジンをかける。流されるまま知り合ったばかりの若妻と夜のドライブに出かけることになったが、忠雄も気分が盛りあがってきた。

3

一時間ほど走り、千葉県のとある海岸に到着した。

海沿いの道路にある駐車場に乗り入れると、フロントを海に向けて車を停める。街路灯の明かりが、かろうじて夜の海を照らしていた。

道中、恵里奈は旦那のことを愚痴ったり、妙にはしゃいだりと忙しかった。浮気されたことで、苛立っているのは明らかだ。だが、それを悟られるのは恥ずかしいので、必要以上にはしゃいでいたのだろう。

しかし今、恵里奈は黙りこんで、フロントガラスごしに海を見つめていた。

もうすぐ冬を迎えるこの時期、海沿いの駐車場を訪れる者などほかにいない。停まっているのは、忠雄の白いセダンだけだった。

（なにか話しかけたほうがいいのかな？）

忠雄は恵里奈の横顔にチラリと視線を向けた。

怒っているのか悲しんでいるのか、判断がつかなかった。もしかしたら、その両方かもしれない。いずれにせよ、旦那のことを考えているのは間違いない。沈黙がつづくと、よけいに空気が重くなりそうだった。

「向井さん……大丈夫？」

思いきって話しかけてみる。ところが、聞こえているはずなのに、恵里奈は返事をしなかった。

忠雄も妻のことを考えてしまう。

つくづく夫婦とはむずかしいものだ。好きで結婚したはずなのに、生活をともにするうち、いやなところが目についたりする。ささいなことが気になって、いいところが見えなくなってしまう。

――つき合ってるころは楽しかったのになぁ。

恵里奈の言葉を思い出す。

確かに、つき合っていたときは純粋に楽しいだけだった。多少の喧嘩があってもすぐに仲直りできた。今のように意地を張り合ったりすることもなかった。いつからこんな関係になってしまったのだろうか。

「浮気したことある?」

ふいに恵里奈が口を開いた。

独りごとのようなつぶやきだったが、忠雄に語りかけてきたのは間違いない。ところが、忠雄は即答できず言葉につまってしまう。

「そっか……おじさんでもあるんだ」

恵里奈は意外そうにつぶやくが、驚いている様子はなかった。

「男ってみんなそうだよね。最低……」

憎々しげに言われても、なにも反論できない。確かに最低だ。どんな理由があろうと、浮気は許されることではなかった。

「だから……あたしも浮気してやろうと思ってるんだ」

衝撃のひと言を耳にして、忠雄は思わず恵里奈の横顔を見つめた。

「だってそうでしょ、そうじゃないと気持ちが収まらないよ」

恵里奈が顔をゆっくりこちらに向ける。そして、旦那への怒りをぶつけるように、忠雄の目をにらんできた。

「何回、浮気したの？」

声のトーンが低くなっている。とてもではないが、ごまかせる雰囲気ではない。忠雄は躊躇しながらも静かに口を開いた。

「い……一回だけ」

「一回だけ？　でも、一回も二回も、たいして変わらないよね」

恵里奈はそう言って、上着のパーカーを脱いでしまう。

セーターのVネックから、白い乳房の谷間がチラリとのぞいている。ミニスカートの裾からは張りのある太腿が見えていた。

「な……なにしてるの？」

まさかと思いながら語りかける。すると、恵里奈は苛立った様子でにらんできた。

「わかってるくせに聞かないでよね。今からおじさんと浮気するの。それで旦那の浮気とおあいこにするの」

「い、いや、でも……」

彼女の言葉から本気が伝わってくる。だからといって、誘われるまま押し倒すわけにはいかなかった。

「おじさんが抱いてくれなかったら離婚する」

「そんな無茶苦茶な……」

「だって、このままじゃ気持ちが収まらないもん。うちらが離婚したら、おじさんのせいだからね」

恵里奈はまったく譲る様子がない。

はじめから覚悟してドライブに誘ったのか、それとも途中でその気になったのだろうか。いずれにせよ、ここで抱かなければ彼女の怒りは鎮《しず》まらないだろう。

「ま、まだ……お、お互いのこと、よく知らないから……」

「女が誘ってるのに、なんなの、その煮えきらない態度？」

恵里奈の声に苛立ちがまざるのがわかった。

だからといって、彼女は人妻だ。勢いのままセックスするわけにはいかない。いつ誰が来るかわからない駐車場というのも気になった。バックミラーに視線を向ければ背後の道路が映っている。たまに車が通るだけの田舎道で、歩行者の姿は見当たらなかった。

「や、やっぱり……こういうことは……」

「男のくせに、はっきりしなさいよ！」

ついに恵里奈の苛々が頂点に達して爆発した。にらみつけられた忠雄は、もうなに
も言い返せなくなってしまった。

「あたしの顔が気に入らないなら、コンビニ袋でもかぶって隠そうか？」

恵里奈はそう言うと、脱いだパーカーのポケットを探り出した。本気で顔を隠すつ
もりかもしれない。

「ちょ、ちょっと、かわいいんだから、そのままでいいよ」

「え？」

彼女の動きがピタリととまる。そして、目をまるくして忠雄の顔を見つめてきた。

「今……なんて言ったの？」

「か、かわいいから……そ、そのままで……」

つい勢いのまま言ってしまった。

だが、口から出まかせを言ったわけではない。とっさのことで本当に思っていたこ

とを口走ってしまった。

(お、俺は、なにを……)

思わず赤面するが、言ってしまったものは仕方ない。恵里奈は落ち着かない様子で瞳をキョロキョロと泳がせていた。

街路灯の明かりが、背後から差しこんでいる。助手席に届いているのはわずかな光だが、それでも彼女の顔が赤く染まっているのがわかった。

「からかってるなら、承知しないから」

恵里奈がぽつりとつぶやいた。

「旦那にだって、言われたことないよ」

どうやら「かわいい」と言われて照れているらしい。視線をそらして、もじもじしているのが愛らしかった。

(か、かわいい……すごくかわいいぞ)

怒っている顔からのギャップで、忠雄の心は一気に惹きつけられた。

もう迷いはなくなっている。愛らしい二十四歳の若妻が抱かれることを望んでいるのだ。この状況で断るはずがない。忠雄は覚悟を決めると、助手席に身を乗り出した。

恵里奈に覆いかぶさり、セーターの上から両肩をつかんだ。

「あっ……」

とたんに恵里奈が驚いた様子で肩をすくめる。自分で誘っておきながら、怯えたような瞳で見あげてきた。

「どうかした？」

「や……やさしくしてよね」

そんなかわいいことを言うから、ますます気分が盛りあがる。忠雄はいきなり彼女の唇を奪って、舌をヌルリッと滑りこませた。

「ンンっ……」

恵里奈は目を閉じて身体を硬くしている。

唇を半開きにしているが、積極的に応じることはない。あれだけ誘っておきながら、いざとなると受け身にまわってしまう。忠雄は不思議に思いながらも彼女の口のなかを舐めまわし、奥で縮こまっている舌をからめとって吸いあげた。

「あンっ……はンンっ」

顎を少し上向かせて鼻を色っぽく鳴らしている。それでも、恵里奈は胸のあたりに置いた両手を、怯えたように小さく握っていた。

忠雄はディープキスをしたまま、片手を助手席の脇に伸ばしてリクライニングのレバーをつかんだ。それを引きあげて、助手席の背もたれを最後まで倒していく。少し角度はついているが、これで彼女は仰向けに近い状態になった。

いよいよ雰囲気が出てきた。恵里奈の唇が、微かに震えているように感じるのは気のせいだろうか。

意外にも彼女は消極的だが、決して拒絶しているわけではない。そんなところが牡の嗜虐欲を刺激する。忠雄は柔らかい舌を遠慮なく吸いあげて、口内に流れこんでくる甘い唾液を貪り飲んだ。

「ああっ……」

唇を離すと、恵里奈は恥ずかしげに視線をすっとそらした。

「おじさん……意外と激しいんだね」

消え入りそうな声だった。

「向井さんが、あんまりかわいいから」

忠雄は声をかけながら、興奮にまかせてセーターの胸もとに手を伸ばす。大きなふくらみに手のひらを重ねて、ゆったりと揉みあげた。

「あ、あんまり言わないで……恥ずかしいよ」

恵里奈が潤んだ瞳で見つめてくる。乳房を揉まれたことで呼吸が乱れていた。

見た目や言動はヤンキーっぽいが、案外、経験は少ないのかもしれない。しきりに照れている様子は、まるで初心《うぶ》な少女のようだった。

(本当にいいのか?)

迷いがまったくないと言えば嘘になる。だが、ここまで来たら、もう途中でやめることなどできなかった。

セーターの裾をつまむと、ゆっくりまくりあげていく。白い腹が見えただけで、さらに欲望がふくれあがる。首の下まで引きあげると、意外にも愛らしいピンクのブラジャーが露《あらわ》になった。

「下着もかわいいんだね」

思わずつぶやくと、恵里奈の顔がますます赤くなる。

「今度それ言ったら、本気でたたくからね」

照れ隠しで悪態をつくが、まったく迫力がない。かわいい顔はまっ赤に染まり、瞳は落ち着かない様子で揺れていた。

背中に手を潜りこませて、ブラジャーのホックを探る。恵里奈はさりげなく背中を浮かせて協力してくれた。

なんとかホックをはずすと、押さえつけられていた乳房が解放される。カップを弾き飛ばして、新鮮なメロンを思わせる双つのふくらみが勢いよくまろび出た。張りのある大きな乳房の頂点では、ミルキーピンクの乳首が揺れていた。

（おおっ……）

忠雄は思わず腹のなかで唸った。

二十代の美乳を目にして、牡の欲望が刺激される。とっくに勃起しているペニスがさらにそそり勃ち、スラックスの股間を内側から強く押しあげた。

「そんなに見ないで……」

恵里奈が瞳を潤ませながら抗議する。だが、忠雄は聞く耳を持たず、恥ずかしげに震える乳首を凝視した。

「かわいいよ」

再び声をかけると、指先で乳首に軽く触れてみる。とたんに女体がピクッと跳ねあがった。

「あンっ」

恵里奈の唇から甘ったるい声が溢れ出す。濡れた瞳で見あげてくるが、それ以上なにも言わなかった。

「たたかないんだね」

忠雄が声をかけると、彼女は恥ずかしげに視線をそらす。そして、剝き出しの乳房を抱きしめるようにして両腕で隠した。

やはり経験があまりないのだろう。そうやって恥じらう姿が、忠雄の胸のうちに甘酸っぱいものを充満させていった。

「ちゃんと見せてよ。せっかくかわいいんだから」

わざと「かわいい」を連発しながら、彼女の腕を乳房から引き剝がす、そして、双つの柔肉をそっと揉みあげた。

今にも溶けてしまいそうな感触だ。見た目は張りがあるのに、触れてみると指先が簡単に沈みこんでいく。肌もシルクのようになめらかで、撫でているだけでも気分が盛りあがった。

乳房の感触をじっくり堪能してから、先端で揺れる乳首を摘まんでみる。とたんに女体が感電したようにブルルッと震えた。

「はンンっ……そ、そこは……」

どうやら乳首が感じるらしい。恵里奈が困ったような瞳で見あげてくるので、やさしく乳首を転がした。

「あっ……あっ……」

「硬くなってきたよ」

指先を押し返すように、乳首が瞬く間にふくらんでいく。乳輪まで充血して盛りあがり、感度が明らかに高まった。

「あンっ、も、もう……」

恵里奈がせつなげに身をよじり、タイトスカートから剝き出しの太腿をもじもじ擦り合わせる。とがり勃った乳首をいじられるたび、半開きになった唇から遠慮がちな喘ぎ声をこぼしていた。

忠雄は誘われるように顔を寄せると、乳首を口に含んだ。

「ま、待って――ああンっ」

驚いたようにつぶやくが、恵里奈の声はすぐに甘い喘ぎに変化した。

舌先で乳輪をなぞると、隆起した乳首に這わせていく。唾液をたっぷり塗りつけては、唇をすぼめてチュウチュウと吸い立てた。

「はンっ、ダ、ダメ……はンンっ」

彼女が反応してくれるから、愛撫にますます熱が入る。狭い車内で折り重なり、乳房を揉みあげながら双つの乳首を交互に舐めまわした。

さらに右手を彼女の下半身に伸ばしていく。膝に手のひらを重ねると、太腿をじわじわと這いあがる。瑞々《みずみず》しい肉感を楽しみながら、右手をミニスカートのなかに滑りこませた。

「ああっ……」

指先がパンティに包まれた恥丘を捕らえると、女体が驚いたように硬直する。恵里奈の唇から小さな声が溢れて、不安げな瞳を向けてきた。

「お、おじさん……あンっ」

呼びかけてくる声が、途中から愛らしい声に変化する。忠雄の指がぴったり閉じられた内腿の隙間に入りこんだのだ。

「そ、そこは……」

恵里奈がうろたえた様子でつぶやいた。

忠雄の指先はパンティの船底に到達している。布地ごしに確かな柔らかさが伝わっていた。薄い布一枚を隔てて、人妻の女陰に触れているのだ。しかも、そこは熱く火照っており、クチュッと音が鳴るほど湿っていた。

(濡れてる……俺の愛撫で濡らしたんだ)

割れ目から果汁が染み出ているのは間違いない。彼女が感じていると思うと、ペニスがますます硬くなった。

パンティが貼りついた女陰を、右手の中指で慎重になぞりあげる。ごく軽い刺激だが、女体は敏感に反応して小刻みに震え出した。

「い、いや……あぁっ」

恵里奈が両手を伸ばして、忠雄の手首をつかんでくる。しかし、引き剝がすわけでもなく、股間を突き出すようにして喘いでいた。

「すごく濡れてるよ」

「やだ、言わないで」

抗議する声は弱々しい。恵里奈は首を左右に振りたくるが、愛蜜の量はどんどん増えていた。

もはやパンティの船底はぐっしょり濡れている。軽く指を動かすだけで、湿った音が車内に響き渡った。指先にほんの少し力をこめるだけで、布地ごと泥濘《ぬかるみ》に浅く沈みこんでいく。

「あンンっ、ダ、ダメ……」

「こんなに濡れてるのに？」

忠雄は尋ねながら、パンティのウエストに指をかけた。

彼女は恥ずかしがっているが、いっさい抵抗することはない。だから、忠雄は遠慮なくパンティを引きおろして、つま先から抜き取った。

ミニスカートの裾を押しあげれば、恵里奈の恥丘が丸見えになる。陰毛はうっすらとしか生えていない。白い地肌が透けており、縦に走る溝もはっきりわかる。内腿をぴったり閉じて恥じらう仕草も、かえって牡の欲望を煽り立てた。

「ね、ねえ……あたしだけなんてやだよ」

恵里奈がそう言い募る。

忠雄は慌ててスラックスとボクサーブリーフを脱ぎ捨てると、下半身だけ裸になった。野太く成長したペニスが股間からそそり勃っている。車内を照らす街路灯のぼんやりした明かりを受けて黒光りしていた。

「ウソ……大きい」

恵里奈がはっと息を呑むのがわかった。

これまで話した感じだと、彼女はお世辞を言うタイプとは思えない。だから、なおさらうれしくなる。今も屹立したペニスを目にして、怯えたように頬をひきつらせていた。

そんな反応をしてくれると、なおさら高揚してしまう。肉棒がさらに硬くなり、太幹には青筋が浮かんでいる。尿道口からカウパー汁が溢れ出して、亀頭全体にしっとりひろがった。

「全部、見せて」

興奮が興奮を呼び、そう言うなり忠雄は彼女の膝に手をかけ、思いきり左右に割り開いた。

「いやっ……」

恵里奈の唇から羞恥の声が溢れ出す。

慌てて脚を閉じようとするが、しっかり押さえているので動けない。彼女はカエルが仰向けになったように、下肢をはしたなく開いていた。

「ちょ、ちょっと、恥ずかしいよ」

「おおっ、こ、これは……」

忠雄は思わず目を見開いて息を呑んだ。

まるでヴァージンかと思うほどの、まったく型崩れしていない薄ピンクの女陰だった。二枚の陰唇はぴったり口を閉ざしており、その隙間から透明な愛蜜がジクジク湧き出していた。

「ね、ねえ、やだ、見ないで」

羞恥に耐えられなくなったのか、恵里奈が両手を伸ばして股間を隠す。だが、忠雄は構うことなく股間に顔を寄せていく。

「手をどけて」

狭い車内なので苦しい体勢だ。それでも助手席は背もたれを倒してあるので、なんとか彼女の股間に迫ることができた。

「恥ずかしいよ」

恵里奈は小声でつぶやくが、それでも手をどかしてくれる。すると、目の前に薄ピンクの割れ目が現れた。

二枚の女陰は華蜜にまみれており、チーズにも似た芳香を漂わせている。牡《おす》の理性を狂わせる牝《めす》の淫臭だ。思わず唇を押しつけると、透明な汁をジュルルッとすりあげた。

「あああッ」

恵里奈の唇から喘ぎ声がほとばしる。それと同時に脚を跳ねあげたため、忠雄の口は女陰から離れてしまった。

やはり車のなかでのクンニリングスは無理がある。それでも彼女が充分濡れているのは確認できた。ほんの一瞬、触れただけなのに、すでに忠雄の口のまわりは愛蜜まみれだった。

「ご、ごめん……大丈夫？」

恵里奈が申しわけなさそうに謝ってくる。

陰唇をしゃぶられて、反射的に脚があがってしまったのだろう。その結果、太腿で忠雄の顔を押しのける形になっていた。

「大丈夫だよ。それより、もう……」

その言葉で、なにがはじまるのか悟ったのだろう。恵里奈の顔に緊張が走るのがわかった。

「でも、狭いよね」

「俺の言うとおりにして」

彼女の手を引き、狭い車内で体を入れ替える。忠雄が助手席で仰向けになり、恵里奈はいったん運転席に移動した。

「向井さんが上に乗って」

「そんなことできるかな……」

恵里奈が自信なさげにまたがってくる。天井が低いため、最初から前かがみになった騎乗位の体勢だ。座面の両端になんとか膝をつき、屹立したペニスの先端を膣口にあてがった。

「あンっ……」

「いいよ。そのまま、ゆっくり腰を落として……ううッ」

亀頭が陰唇の狭間に呑みこまれていく。膣口が狭いらしく、いきなり猛烈な締めつけ感に襲われた。

「あぁッ……お、大きい」

恵里奈が甘い声を振りまいて動きをとめる。亀頭だけ呑みこんだ状態で、カリ首が思いきり絞りあげられていた。

「もっと腰を落としてごらん」

「も、もう、無理……」

首を左右に振ると、恵里奈がかすれた声で訴えてくる。

しかし、まだ亀頭しか入っていない。蠢く膣襞の感触は心地いいが、これだけではどうにもならなかった。

忠雄は両手を彼女の腰に添える。そして、ゆっくり引き寄せることで、ペニスがズブズブとはまっていく。天に向かって屹立した肉柱に、濡れた媚肉がねっとりと覆いかぶさってきた。

「おおおッ」

「あッ、ああッ、す、すごいっ」

恵里奈の喘ぎ声が響き渡る。ついにペニスが根元まで収まり、女体に小刻みな痙攣が走り抜けた。

「こ、こんなに大きいなんて……」

両手を忠雄の胸板に置き、ハアハアと息を乱している。前かがみになっているため、張りのある乳房が目の前に迫っていた。乳首がとがり勃っているので、少し首を持ちあげて口に含んだ。

「あンっ、ま、待って……はンンっ」

とたんに膣が収縮して、ペニスがさらに締めつけられる。恵里奈は全身が敏感になっており、どこに触れても感じる状態になっていた。

「ダ、ダメっ……ああンっ」

乳首を甘噛みしてやれば、女体がビクビク痙攣する。忠雄は両手を尻たぶにまわしこむと、女体をリズミカルに揺さぶった。

「あンっ……あンっ……そ、そんなにされたら……」

結果としてペニスが膣内を擦りあげる。カリが膣壁をえぐることで、恵里奈の喘ぎ声が大きくなった。

「あああッ、ま、待って……ゆ、ゆっくり……」

「だったら、自分で動いてみて」

声をかけるが、彼女はなかなか自分で動けない。だから、代わりに忠雄が尻たぶをしっかりつかんで前後にグイグイ揺さぶった。

「こうすると気持ちいいでしょ？」

「あッ……あッ……」

「ほら、なんとか言ってくださいよ」

彼女が黙っているから、さらに強く揺すりたてる。ペニスが何度も膣に出入りをくり返し、張り出したカリが膣壁をえぐって華蜜をかき出した。

「ああッ、もうダメぇっ」

恵里奈の喘ぎ声が大きくなる。感じているのは明らかだが、彼女の口から言わせたい。尻たぶに指を食いこませると、ますます女体を揺すり立てた。

「あッ、ああっ……は、激しいっ」

「激しいのはいや？」

「い、いや……じゃない……あああッ」

ついに恵里奈も自ら腰を振りはじめた。天井が低いので窮屈そうだが、それでも女体を前後に揺すっていた。

「ああッ……ああッ……い、いいっ」

「くううッ、お、俺も……」

ふたりの腰の動きが一致することで、快感がより大きなものに変わっていく。車全体が揺れるほど、亀頭を深い場所まで埋めこんだ。

「はああッ、も、もうダメっ、おかしくなっちゃうっ」

「おかしくなっていいんだよ。ほらほらっ」

彼女の腰の動きに合わせて、忠雄も股間を突きあげる。ピストンがどんどん速くなり、絶頂の大波が勢いよく押し寄せてきた。

「は、激しい……ああッい、いいっ」

「お……俺も気持ちいいよ」

車がミシミシ揺れるほど腰を振る。忠雄が乳首にむしゃぶりつけば、なおさら恵里奈の動きが激しくなり、自然と抽送《ちゅうそう》速度がアップした。亀頭を奥の奥までたたきこむと、ついに膣道が発作を起こしたように痙攣する。

「おおおッ、こ、これは……」

「あああッ、もうイッちゃうっ」

ふたりの声が重なり、ついにエクスタシーの嵐が吹き荒れる。忠雄が精液を噴きあげるのと、恵里奈が女体を仰け反らせるのは同時だった。

「で、出るっ、出る出るっ、くおおおおおおおおッ！」

「はああッ、い、いいっ、あああッ、イ、イクッ、イクうううッ！」

車のなかに、忠雄の呻き声と恵里奈のよがり泣きが響き渡る。

若妻の膣で柔らかく締めつけられるのがたまらない。ペニスが蕩けそうで、忠雄は雄叫《おたけ》びをあげながら精液を噴きあげた。理性が吹き飛んで頭のなかがまっ白になるが、それでも腰を振りつづける。無数の膣襞に包まれながら射精する悦楽に酔い、睾丸のなかが空になるまで放出した。

脱力して倒れこんできた女体を抱きしめて、人妻とセックスする背徳感と愉悦を噛みしめた。

第三章　ふしだらな訪問者

1

恵里奈と深い関係になって五日が経っていた。

あの日は車のなかでセックスしたあと、なんとなくお互い気まずくなり、すぐマンションに戻った。

ふたりとも伴侶にバレることを恐れていた。

とくにはじめての浮気だった恵里奈は、あれほど激しく感じておきながら、罪悪感に打ちひしがれているようだった。

今夜のことはふたりだけの秘密だと約束して、マンションの駐車場で別れた。

忠雄は部屋に戻ると、すぐにシャワーを浴びて全身を念入りに洗った。服にも恵里奈の茶髪がついているかもしれないので、粘着式のクリーナーでしつこいくらいにゴミを取った。

　忠雄の妻は夜勤なので朝まで戻らない。恵里奈の旦那も明け方まで仕事だ。充分時間はあったので、なんとか気持ちを落ち着かせることができた。

　胸の奥に罪悪感が居座っている。妻を二度も裏切り、申しわけないという気持ちがあった。

　その一方で、心に思いがけない変化が起きていた。

　ふたりの人妻とセックスできたことで、身近なところにチャンスが転がっていたことに気づいたのだ。

（在宅勤務も、意外と悪くないかもしれないな……）

　あれほどテレワークがいやで仕方なかったのに、今はこの状況を楽しもうとする気分になっていた。

　五年前に結婚してから、浮気をしたことなど一度もない。営業成績は落ち着き、若いころのような体力もなくなり、飲み屋で盛りあがることもなくなった。いつしか男としての自信を失い、もう妻以外の女性と体の関係を持つことなど、この先ないと思っていた。

それなのに、ふたりの人妻とセックスできたのだ。在宅勤務にならなければ、彼女たちと出会うことはなかった。

(俺も、まだいけるんじゃないか)

少し自信を取り戻して、生活に張りが出てきた。

テレワーク要員になったときは落ちこみ、仕事もやる気が出なかった。しかし、今は集中力が出てきて、書類の作成もはかどるようになっていた。

(よし、そろそろ休憩にするか)

気づくと昼の十二時だった。忠雄は作成途中のデータを保存すると、椅子から立ちあがって伸びをした。

妻は仕事でいないので、スーパーに出かけることにする。なにを食べるかは決めていないが、逢花の顔を見るのが楽しみだった。

菜々子や恵里奈に会うことある。そういうときは何事もなかったように立ち話をするが、いつも胸の鼓動は速くなっていた。いつかまたチャンスがあるかもしれないと思うと、ワクワクがとまらなかった。

スーパーに到着すると、まずはレジの近くをさりげなく通って、逢花がいるかどうかを確認した。

（おっ、いたぞ。今日もきれいだな）

グリーンのエプロンをつけている逢花の姿が目に入り、とたんに心がほっこりと温かくなった。

今日も逢花は柔らかい微笑を浮かべて接客している。所作のひとつひとつもなめらかで、眺めているだけで心が和《なご》んだ。

じっくり見たい気持ちを抑えて、野菜売場へと足を向ける。少し考えてから、玉ねぎを買い物カゴに入れた。さらに鶏の胸肉と卵を買うことにする。出かける前に米を研ぎ、炊飯器にセットしてきた。今日は親子丼に挑戦してみるつもりだ。在宅勤務が長くなり、料理のスキルは確実にアップしていた。

健康のことを考えて、ヨーグルトをカゴに入れるとレジに向かった。

（あれ、混んでるな）

新聞にセールのチラシが入っていたらしく、どのレジにも列ができていた。

忠雄は迷うことなく逢花の列に並んだ。待っている間、逢花の顔を見ていられると思えば悪くなかった。

少しずつ前に進んで、忠雄の前にいた老人の番になる。後ろを見やると、主婦らしき年配の女性が三人ほど並んでいた。

「なんだって？」

急に大きな声が聞こえてた。

前に並んでいた老人が、なにやら逢花に文句を言っている。突然、老人が激昂したことで、逢花は困惑の表情を浮かべていた。

「申しわけございません。レジ袋は五円かかってしまうんです」

「前は、ただで袋に入れてくれたじゃないか」

逢花が丁重に頭をさげるが、老人の剣幕は凄まじい。どうやら、レジ袋が有料になったことを知らないようだ。

「なんで金を取るようになったんだ」

「すみません。そういう決まりになってしまったんです」

懸命に謝る逢花が気の毒でならない。老人は引きさがる様子もなく、さらに大声でまくし立てる。

「じゃあ、これはどうやって持って帰ればいいんだ！」

買い物カゴに入っているのは牛乳一本だけだ。それくらいなら、手で持って帰ることもできるだろう。しかし、老人はどんどんエスカレートしていく。

「袋一枚くらい、サービスでつけられないのか。俺みたいな老人からも金をふんだくるつもりか」

散々怒鳴られて、逢花は小声で「すみません」と言うだけになってしまう。もうこれ以上、見ていられなかった。

「店員さんが悪いわけではありませんよ」

忠雄は見るに見かねて声をかけた。

とたんに老人がむっとした様子でにらみつけてくる。逢花はさらに困惑した様子でオロオロしていた。

「あんた、誰だ？」

「ただの客ですよ。レジ袋にお金を払いたくなければ、マイバッグを持参されてはいかがですか？」

忠雄は自分のマイバッグを老人に見せる。すると、後方に並んでいた女性たちも同調して、マイバッグを取り出した。

「レジ袋はただじゃないんですよ」

「今はみんな自分のバッグを持ってくるんです」

「もう常識ですよ。早くしてくれないかしら」

女性たちが次々に口を開くと、老人は一瞬たじろいた。そして、ぶつくさ言いながらも代金を支払い、牛乳を抱えて帰っていった。

「ご迷惑おかけして、すみませんでした」

逢花があらたまった様子で深々と頭をさげる。瞳はかわいそうなほど潤んでおり、気の毒で仕方なかった。

「いえいえ、大丈夫ですか？」

「はい、おかげさまで助かりました。ありがとうございます」

「本当に困った人もいますすね」

忠雄は格好つけて紳士ぶった微笑を浮かべた。

マニュアルどおりの接客ではなく、逢花は自分の言葉で話しかけてくれた。それがうれしくて、気持ちがふわふわと舞いあがった。

せっかくなので会話をひろげたい。だが、後ろに客が並んでいるので、そういうわけにもいかなかった。

結局、逢花が商品をスキャンするのを、いつものように黙って見つめていた。

それでも、ほんの少しだけ近づけた気がする。代金を支払って釣銭を受け取るとき、逢花が親しみのこもった笑みを向けてくれた。

「ありがとうございました」

そのひと言だけで、午後もがんばろうという気持ちになれる。

忠雄は頬がほころびそうになるのを懸命にこらえながら、軽い足取りでマンションに帰った。

2

翌日、忠雄は集中してパソコンに向かっていた。

課長から頼まれていた書類が完成したので、先ほどメールで送信したところだ。すぐにテレビ会議アプリで連絡があり、別の書類の作成を指示された。相変わらず厳めしい顔だったが、もうたいして気にもならなかった。

まだ昼休みまで時間がある。もうひと仕事しようと思ったとき、スマホの着信音が鳴り響いた。

画面を見ると「関根瑠璃《せきねるり》」と表示されている。

今年、入社した二十三歳の女子社員だ。直属の部下だったが、忠雄が在宅勤務になってから連絡してくるのははじめてだった。

「はい、吉村です」

何事かと思いながら忠雄は電話に出た。

「あっ、係長、お久しぶりです」

いきなり、明るい声が聞こえてくる。

「おう、久しぶり。関根くんが電話してくるなんてめずらしいな」

以前と変わらない様子にほっとするが、瑠璃はすぐに声のトーンを落として尋ねてきた。

「少しお時間よろしいですか」

「なにかあったのか？」

「はい、ちょっと……」

なにやら言いにくそうだ。いつもはきはきしている彼女にしては、どうにも歯切れが悪かった。

「なにかあったのなら相談に乗るぞ」

彼女は新入社員なので、まだわからないことがあるのだろう。失敗だってあるのは当然だ。それをフォローするのも上司の役目だ。

「じゃあ、お願いしてもよろしいですか」

「もちろんだ」

「では、今からそちらに伺います」

瑠璃は当たり前のように言うが、忠雄は思わず言葉につまった。

「伺うって、うちに来るのか？」

「どうしても、わからないことがあって……ダメですか？」

まるで叱られた子供のように、瑠璃の声が小さくなっていく。

電話では解決できないことなのだろうか。頭の片隅でそう思ったが、突き放すこともできずに了承した。

「わかった。いいぞ」

「ありがとうございます！」

忠雄が応じると、瑠璃はうれしそうに言って電話を切った。

しかし、よくよく考えてみると、妻は仕事でいないので、ここで若い女子社員とふたりきりになってしまう。そのことに気づいたとたん、なにやら落ち着かなくなってきた。

（バカだな。意識しすぎだぞ）

心のなかで自分に言い聞かせる。

それにしても、いきなり訪問してくるなんて、いったいどんな相談なのだろうか。

一時間ほどで、インターホンが鳴った。

瑠璃が訪ねてきたのだ。思ったよりも早かった。時刻はもうすぐ昼の十二時になるところだ。今日はスーパーに行けないが、仕事なので仕方なかった。

「素敵なお宅ですね」

リビングに通すと、瑠璃は瞳を輝かせてつぶやいた。

お世辞で言っているわけではないようだ。ごく普通のマンションだが、若い彼女には素敵な空間に映るのかもしれない。

濃紺のスーツの上にトレンチコートを着ている。愛らしい顔立ちで性格も明るいため、瞬く間に男性社員たちの人気者になった。セミロングの髪はダークブラウンで、毛先が少し内側にカールしている。リビングのなかを見まわすたび、髪が柔らかく揺れていた。

「奥さんはお留守ですか？」

「仕事だよ。看護師なんだ」

「あっ、そうでしたね」

たった今、思い出したらしい。ふたりきりになってしまうが、まったく気にしている様子はなかった。

「座って待っててくれるかな」

忠雄は緊張を押し隠して、彼女をリビングのソファに案内する。

「はい、失礼します」

瑠璃は弾むような声で返事をすると、トレンチコートを脱いだ。

ソファに腰かけるとタイトスカートがずりあがり、ナチュラルベージュのストッキングに包まれた太腿がチラリと覗いた。

「コーヒーでも淹れるから……」

慌てて視線をそらすとキッチンに向かう。

彼女は直属の部下だ。万が一にも間違いを起こすわけにはいかない。太腿を凝視していただけでもセクハラと言われる可能性がある。とにかく、慎重に応対する必要があった。

コーヒーカップをふたつ、リビングのテーブルに運んだ。

ソファは三人がけがひとつだけなので、並んで座ることになる。床に座ろうかとも思ったが、意識しすぎるのもおかしいだろう。忠雄は彼女と距離を空けてソファの端に腰をおろした。

「いただきます」

瑠璃は砂糖とミルクをたっぷり入れると、おいしそうにコーヒーを飲んだ。

「おいしいです。これって、いいコーヒーなんですか？」

「普通のコーヒーだよ」

「なんか、おいしく感じます。係長の家で飲んでるからかな」

彼女は独りごとのようにつぶやいた。

きっと深い意味はないだろう。そう思うが、どうしても気になってしまう。今、この瞬間、彼女は忠雄とふたりきりなのだ。

上司だから、とくになにも思っていないのかもしれない。異性として意識していなければ、部屋にふたりきりの状況でも危機感など感じないのだろう。

「それで、聞きたいことって？」

忠雄もコーヒーをひと口飲んで、さっそく切り出した。

「えっ、いきなりですか？」

瑠璃が不服そうに唇をとがらせる。仕事のことで質問があって来たはずなのに、なにを言っているのだろうか。

「久しぶりなんですから、なんかないんですか？」

「なんかって？」

忠雄が聞き返すと、彼女は呆れたように目をまるくした。

「近況報告とかですよ」

そう言われてはっとする。

確かに彼女の言うとおりだ。在宅勤務でも中間管理職なのだから、最初に職場の様子や彼女の仕事ぶりを確認するべきだった。

「すまん、すまん。家で仕事をしていると、どうも感覚が違ってね」

忠雄は慌てて取り繕《つくろ》うが、なにやら言いわけがましくなってしまう。

実際、これだけオフィスから離れていると、自分が会社員であるという感覚が薄れてくる。週に一度は出社しているが、会社にいる時間はわずかだ。しかも、営業部員は出払っているため、課長の加藤としか顔を合わせていなかった。

「おうちで仕事をするって、大変ですか？」

「もう慣れたよ」

「わたしは無理ですね。きっと、さぼっちゃうと思います」

瑠璃はそう言って、いたずらっぽく肩をすくめた。

「確かにそういった誘惑はあるよ。昼寝をしたところで、口うるさい課長が目を光らせてるわけじゃないからね」

「係長も、そんなこと言うんですね」

彼女の言葉ではっとする。

確かに以前は冗談を口にしなかった。自分を仕事人間とは思わないが、まじめだったのは確かだ。部下の前で課長を腐すようなことは、腹のなかで思っても決して口には出さなかった。

「係長、変わりましたね」

瑠璃はしみじみとした調子でつぶやいた。

「そうか?」

自分ではわからない。だが、今は在宅勤務も悪くないと、思い始めてきたところだった。

「ちょっと安心しました。では、質問してもよろしいでしょうか」

瑠璃は急に話題を変えると、仕事のことを尋ねてきた。

どんな質問かと思ったが、ごく基本的なことだった。わざわざ忠雄を訪ねてこなくても、社内にわかる者がいたはずだ。忠雄は不思議に思いながらも、できるだけ丁寧に説明した。

「ありがとうございます。やっぱり係長だと安心です」

「そう言ってくれるのはうれしいけど、社内で聞いたほうが効率的だと思うぞ。先輩だって主任だっているだろ」

アドバイスのつもりで語りかける。すると、瑠璃は淋しげな顔になり、じっと見つめてきた。

「ご迷惑でしたか？」

「いやいや、そういう意味じゃなくて……」

「……係長はわたしに興味がないんですね」

唐突な言葉だった。冗談で言っているわけではないようだ。その証拠に、瑠璃の瞳には涙がうっすら浮かんでいた。

(どうなってるんだ？)

どうにも調子が狂ってしまう。彼女の考えていることがわからず、忠雄は思わず黙りこんだ。

「わたしは係長のこと心配してたんですよ」

「俺のことを？」

「テレワークの辞令がおりたとき、肩を落とされていたから……」

そう言われて思い出す。

課長からテレワーク要員になったことを伝えられたとき、死刑宣告を受けたような気分だった。頭のなかがまっ白になったのを覚えている。よほど様子がおかしく見えたのか、あの日は誰も話しかけてこなかった。

「係長がどうされているのか、ずっと気になっていたんです」

瑠璃の話を聞いているうちに、だんだんわかってきた。

おそらく仕事上の質問は、ここに来る口実だったのだろう。密かに忠雄のことを心配していて、様子を見に来たということではないか。

「でも、意外とお元気そうで安心しました」

「やっとこの生活に慣れてきたからね」

本当のことなど言えるはずがない。忠雄が元気に見えるのは、ふたりの人妻と体の関係を持ったからだ。

それまではしょぼくれていたが、菜々子と恵里奈、立てつづけにふたりと経験を積んだことが、男としての自信の回復につながった。その結果、ただの疲れたおじさんではなくなっていた。

「もし、元気がなかったら、わたしが元気づけなくちゃって思っていたんです」

感情を押し殺したような声だった。

いったい、どういう意味で言っているのだろう。忠雄がとまどっていると、瑠璃は探るような目を向けてきた。

「なんだか、前より男っぽくなった気がします」

そう言われるとうれしくなる。ところが、瑠璃はなにやら含みのある表情を浮かべていた。

「係長、近頃、なんかあったんじゃないですか？」

内心を見透かされているようでドキリとする。ここは話題をそらしてごまかすしかなかった。

「どうして、そんなに気にかけてくれるんだい？」

忠雄が問いかけると、瑠璃は視線をすっとそらした。

そして、逡巡している様子で黙りこむ。なにをそんなに悩んでいるのだろうか。やがて意を決したように切り出した。

「父を早くに亡くしているんです」

淡々とした声だった。

まだ幼いころに交通事故で父親を亡くして、母子家庭で育ったという。だから、父親の顔も温《ぬく》もりも知らないらしい。

「大変だったんだね」

両親が健在の忠雄には想像することしかできない。きっと苦労の連続だったと思うが、彼女は素直で素敵な女性に成長していた。

「そのせいだと思うんですけど……年上の男性に惹かれるんです」

瑠璃はそう言って、はにかんだ笑みを浮かべる。そして、熱い眼差しを忠雄に送ってきた。

「そ、そうなんだ」

じっと見つめられて困ってしまう。

こういうとき、なにを言えばいいのだろう。妙な沈黙が流れて、緊張感がどんどん高まっていく。

「年上の男性……つまり、おじさんが好きなんです」

沈黙を破ったのは瑠璃だった。

「わたし、ファザコンなんだと思います」

忠雄はなにも答えられない。すると、瑠璃が腰を浮かして、肩が触れ合うくらい近くに移動してきた。

「ど……どうした？」

緊張のあまり声が震えてしまう。懸命に平静を装うが、完全に彼女のペースになっていた。

「ちょっとだけ、こうしてもいいですか？」

瑠璃は頭をそっと肩に預けてくる。髪の毛から甘いシャンプーの香りが漂ってきて、鼻腔をくすぐった。

「な……なにを……」

突き放さなければならない。彼女は直属の部下だ。しかも、ここは自宅だ。絶対にあやまちがあってはならなかった。

しかし、突き放すより先に、瑠璃がすっと腕を組んでくる。ジャケットの乳房のふくらみが、忠雄の肘に押しつけられた。

「お、おい……」

「わたし、若い男の人には魅力を感じないんです」

瑠璃が耳もとに唇を寄せて囁きかけてくる。

直属の部下である女子社員の熱い吐息を感じて、忠雄の理性は今にも崩壊しそうになっていた。

「そ、そういうことは、恋人と……」

「ダメなんです。係長くらい年上の人じゃないと」

「ちょ、ちょっと……」

「おじさんの匂いを嗅いでると、なんだか落ち着くんです」

本当にファザコンなのか、それとも単なるおじさん好きなのかよくわからない。とにかく、瑠璃の魅力を無視することはできなかった。

3

「せ、関根くん」

忠雄が困惑した声を漏らすと、彼女はさらに身を寄せてきた。

「抱いてください」

瑠璃のささやく声を聞いたとたん、頭をハンマーで横殴りにされたような衝撃が襲いかかった。

「じょ、冗談がすぎるぞ」

懸命に理性を奮い立たせてつぶやいた。ところが、彼女はぴったり身体を密着させたまま離れようとしない。

「一回だけ……一回だけでいいんです」

哀願するように見つめられて、胸の鼓動が速くなる。

若くてかわいい女子社員が、潤んだ瞳で抱いてほしいと迫っている。先ほどから忠雄の肘には、彼女の乳房が押しつけられていた。

（お、俺は、どうすれば……）

四十歳になった自分に、二十三歳の女性が身をゆだねようとしている。しかも、社内でも人気の可憐な女子社員だ。

「絶対、誰にも言いません。係長とわたしだけの秘密です」

「こ、こんなこと、まずいよ……」

忠雄は目だけ動かしてリビングを見まわした。

窓から差しこむ昼の陽光が室内を照らしている。仕事に出ている妻が、この時間に帰ってくることはまずない。とはいえ、夫婦ふたりで暮らしている自宅で、ほかの女性と関係を持つのはさすがに気が引けた。

「わたし、ずっと係長のこと見てました」

瑠璃がささやきながら、片方の手を忠雄の股間に伸ばしてくる。スラックスの上からペニスをそっと撫でられた。

「うっ……」

軽く触れられただけで、甘い痺れが波紋のようにひろがった。

「硬くなってますよ」

「す、すまん……」

「謝らないでください。だって、係長もわたしとセックスしたいって、思ってくれたんですよね」

瑠璃の唇から「セックス」という直接的な単語が紡がれたことで、ますます気持ちが昂《たか》ぶっていく。ほっそりした指が布地ごと太幹に巻きついて、ゆっくりシコシコと擦られた。

「うっ……ううっ」

「ああっ、係長、硬い……すごく硬いです」

彼女も興奮しているのか、ささやく声が艶めいていく。

こんなことをされて拒めるはずがない。自宅なのは気になるが、もう欲望は限界までふくれあがっていた。

「も、もう……関根くんっ」

ついに理性が音を立てて崩れ落ちる。忠雄は女体を抱きしめるなり、可憐な唇にむしゃぶりついた。

「か、係長……ンンっ」

瑠璃はすぐに唇を半開きにしてくれる。だから、忠雄は遠慮なく舌を差し入れて、瑞々しい口内を舐めまわした。

若い彼女の唾液はさらりとしており、香りもあっさりしている。口腔粘膜の柔らかい感触を楽しみ、唾液をすすりあげては嚥下《えんげ》した。

「わたしにもください……はあンっ」

唾液をねだられて口移しすると、瑠璃はうれしそうに喉を鳴らして飲みくだす。さらには忠雄の口に舌を入れて、ねちねちと舐めまわした。

（ああっ、最高だ……）

頭の芯がジーンと痺れていく。

社内中の男性社員が、瑠璃のことを狙っている。そんな人気者の女子社員が、忠雄の口を夢中になってしゃぶっているのだ。考えるほど興奮が湧きあがり、ペニスがますます硬くなった。

「ここ……苦しそうですね」

瑠璃がキスをしながら語りかけてくる。そして、ベルトを緩めてスラックスの前を開いてしまう。ボクサーブリーフをおろされると、すでに屹立している男根が剝き出しになった。

「ああンっ、係長の立派です」

喘ぐようにつぶやき、すぐさま太幹に指をからめてくる。柔らかい感触が心地よくて、握られたとたんに我慢汁が溢れ出した。

「ううっ、せ、関根くん」

「今は名前で呼んでください」

瑠璃が手首をゆっくり返して、ペニスをしごきながらささやきかけてくる。耳孔に熱い吐息が流れこみ、ゾクゾクするような快感がこみあげた。

「る……瑠璃……」

快楽に流されるまま呼びかける。すると、瑠璃は目を細めて、くすぐったそうな笑みを浮かべた。

「ふふっ、うれしい」

ペニスをゆったりしごきながら、忠雄の耳に唇を押し当ててくる。そのまま耳たぶを甘嚙みされて、体がビクッと跳ねあがった。

「敏感なんですね。気持ちいいですか？」

瑠璃は楽しげに言うと、ソファからおりて足もとにひざまずいた。

スラックスとブクサーブリーフを抜き取り、膝の間に入りこんでくる。しなだれかかるようにして、勃起したペニスを間近から見つめてきた。

「すごく大きい……素敵です」

亀頭に熱い息を吹きかけながら語りかけてくる。その刺激だけで、新たな我慢汁が溢れて亀頭から竿にかけてを濡らしていく。

「お、おお……」

今にも唇が触れそうなのに、焦らすように息だけを吹きかけられる。たまらなくなって呻くと、彼女は唇の端に笑みを浮かべた。

「どうしてほしいんですか？」

わかっているくせに尋ねてくる。どうやら、おじさんを責めるのが好きらしい。人差し指と親指だけで竿をつまみ、わずかな刺激だけを与えてくる。じわじわしごかれると、またしても我慢汁が滲み出した。

「くッ……ううッ」

呻き声が漏れるのを我慢できない。

忠雄はソファに座って仰け反り、大きく脚をひろげた状態だ。瑠璃は太腿にもたれかかり、亀頭の鈴割れから溢れるカウパー汁を見つめている。竿を指先で摘まみながら、もう片方の手で尿道口をいじりまわしてきた。

「ううッ、そ、そんなところ……」

「ここも感じるんですね。ああっ、どんどん溢れてきますよ」

我慢汁が増えると、瑠璃はうれしそうに指先で塗り伸ばす。カリの周辺にも塗りたくられて、くすぐったさをともなう快感がふくれあがった。

「せ、関根くんが、こんなことをするなんて……」

自分の脚の間を見おろして、思わずぽつりとつぶやいた。

足もとにひざまずいている瑠璃は、濃紺のスーツを身に着けている。会社でいつも見ていた姿で、ペニスをいじられているのだ。そう思うと、なおさら興奮が湧きあがった。

「瑠璃って呼んでください。ここは会社じゃないんですよ。だから、なにをしてもいいんです」

おじさん好きを自認するだけのことはある。かわいい顔をしているが、瑠璃は中年男を転がす術《すべ》を身に着けていた。

甘えるように太腿にしなだれかかり、ペニスを指先で摘まんでいる。昇りつめるほどではない微妙な快感を肉竿に送りこみ、亀頭には熱い息を吹きかけてくる。そうやって焦らし抜き、忠雄が悶える様子を楽しんでいた。

「た、頼む……る、瑠璃……」

もう、これ以上は耐えられない。切れぎれの声で懇願すると、瑠璃がペニスを摘まんだまま見あげてきた。

「口でしてほしいんですか？」

魔性のささやきだった。

思わず彼女の唇をまじまじと見つめてしまう。新鮮なさくらんぼのように、プルンッとして張りがある。あの瑞々しい唇が己のペニスを咥えると思うと、それだけで興奮がふくらんだ。

「く、口で……してくれ」

喘ぐようにつぶやいた。

「係長のご命令なら……はむンンっ」

瑠璃は上目《うわめ》遣いに忠雄の顔を見つめながら、唇をゆっくり亀頭にかぶせていく。熱い吐息に包みこまれて、たまらず腰に震えが走った。

若くて張りのある唇が、カリ首にぴったり密着する。指とはまったく異なる蕩《とろ》けてしまいそうな感触だ。やさしく圧迫されると太幹が震えて、またしても我慢汁が溢れ出した。

「ううッ、せ、関根くんの……瑠璃の唇が……」

直属の部下である女子社員が、そそり勃った男根の先端を咥えている。スーツ姿でひざまずき、膨張した亀頭を口に含んでいるのだ。

「はンンっ」

瑠璃が甘く鼻を鳴らして、口のなかで舌を使う。我慢汁が付着するのも構わず、亀頭をヌルリッと舐めまわした。

(あ、あの関根くんが……ほ、本当に……)

彼女の舌が這いまわるのを感じるたび、腰が小刻みに震えてしまう。まだはじまったばかりなのに、早くも射精欲がふくれあがった。

「す、すごい……うむむっ」

忠雄が快楽の呻きを漏らすと、瑠璃はうれしそうに目を細める。そして、ゆっくり顔を押しつけて、竿の表面に唇を滑らせた。

「おおっ」

硬い肉棒を柔らかい唇で擦られるのがたまらない。こうして男根を呑みこんでいく間も、瑠璃は忠雄の目をじっと見つめていた。

視線を交わしたままのフェラチオだ。

瑠璃はどこまでも中年男を翻弄《ほんろう》して、欲望を煽《あお》り立ててくる。やがてペニスがすべて彼女の口に収まり、唇で根元を締めつけてきた。強めにキュウッと圧迫されて、我慢汁がどっと噴き出した。

「くううッ、る、瑠璃……」

呼びかける声がかすれてしまう。柔らかい舌が竿にからみつき、まるで意志を持った生物のようにヌルヌルと這いまわる。もう腰の震えをとめられず、両手を伸ばして彼女の頭を抱えこんだ。

「そ、それ以上、されたら……」

もう射精欲が危険な領域までふくらんでいた。

このままつづけられたら、あっという間に暴発してしまう。そんな忠雄の状態を把握しているのか、瑠璃は目を細めて「ふふっ」と笑うと、唇をすぼめて首をゆったり振りはじめた。

「あふっ……はむンっ」

柔らかい唇で肉竿を擦りあげる。唾液と我慢汁が潤滑油となり、やさしくしごかれるのが心地いい。ペニスが蕩けそうな快楽に包まれて、頭のなかまでトロトロになっていく。我慢汁がとまらなくなり、腰の震えが大きくなった。

「ちょ、ちょっと、待って……」

「はむっ……あふっ……うむぅっ」

忠雄の声を無視して、瑠璃は首振りのスピードをあげていく。柔らかい唇でリズミカルに擦られるたび、愉悦がどんどん成長する。舌がからみついて這いまわり、さらにはジュルルッと吸茎された。

「くううッ、き、気持ちいいっ」

もう昇りつめることしか考えられない。投げ出した両脚がつま先まで伸びきり、小刻みな痙攣が走り抜ける。

「も、もう、ううッ、もうダメだっ」

忠雄が訴えても、瑠璃は首をねちっこく振りつづける。唇で締めつけながらスライドさせて、射精欲を煽り立ててきた。

「ンふっ……あむっ……あふンっ」

「おおッ、ダ、ダメだつ、おおおッ」

無意識のうちに股間がググッとせりあがる。ペニスが限界まで張りつめると、瑠璃はさらに首振りのスピードを加速させた。

「ぬおおッ、も、もうっ、おおおッ、おおおおおおッ！」

太幹を猛烈にしごかれて、ついにザーメンが噴きあがった。精液が尿道を駆け抜けるタイミングで、瑠璃がペニスを猛烈に吸い立てる。その結果、精液の流れる速度があり得ないくらいアップした。

「くおおおおおおッ！」

魂《たましい》まで吸い出されそうな快感が突き抜ける。ソファに寄りかかった状態で、背中が大きく反り返った。

奥歯を思いきり食いしばり、射精の衝撃に耐えようとする。しかし、こうしている間も、瑠璃はペニスを吸いつづけているのだ。快感があまりにも大きすぎて、とてもではないが黙っていられない。

「き、気持ちいいっ、おおおおおおッ！」

わけがわからなくなり、雄叫びを響かせた。

最後の一滴まで精液を吸い出される。全身がバラバラになりそうな愉悦が突き抜けて、頭のなかがまっ白になった。

4

「はぁ……すごく濃かった」

瑠璃はようやくペニスから唇を離すと、ため息まじりにつぶやいた。

目の下が艶《なま》めかしい桜色に染まっている。かわいい顔をしているのに、濡れた唇を指先で拭う仕草が色っぽかった。

（ま……まさか、こんな……）

忠雄は完全に脱力して、ソファの背もたれに体を預けていた。

部下のフェラチオで骨抜きにされてしまった。盛大に射精して、もう口を開く気力すらなくなっていた。

「係長……まだ、こんなに……」

瑠璃の声が聞こえる。

なんだろうと思って視線を向けると、射精した直後だというのにペニスはまだ硬度を保っていた。

「ああっ、素敵です」

白くてほっそりした指が砲身に巻きついてくる。そして、唾液が付着した肉胴をヌルリ、ヌルリと擦ってきた。

「うっ……ううっ」

敏感になっているところを刺激されて、腰が勝手に跳ねあがる。熱く火照《ほて》っている全身が、さらに熱を帯びてくるのがわかった。

「い、今は……ううっ」

「ああンっ、すごいです」

瑠璃は声を弾ませると、ペニスから手を離して立ちあがる。そして、ジャケットを脱ぎ、タイトスカートをおろしてつま先から抜き取った。さらにストッキングを引きさげると、透けるような白い美脚が露出した。

ブラウスがミニスカートのようになり、健康的な太腿が剝き出しになっている。ふくらはぎはスラリとして、足首は細く締まっていた。

「わたしも……かわいがってほしいです」

瑠璃は恥ずかしげにつぶやき、ブラウスのボタンを上から順にはずしはじめる。前がはらりと開き、純白のブラジャーが露になった。

忠雄はもう女体から目を離せない。いつしかソファの背もたれから上体を起こすと、前のめりになって見つめていた。

瑠璃がブラウスをゆっくり脱いだ。これで女体に纏《まと》っているのはブラジャーとパンティだけになる。両手を背中にまわしてホックをはずすと、恥ずかしげにブラジャーをずらした。

(こ、これが……)

現れたのは小ぶりな乳房だった。

片手で収まるほどのささやかなふくらみが愛らしい。丘陵の頂点にある乳首は、色素が薄くて肌色に近かった。

「小さいから……あんまり見ないでください」

瑠璃は視線をそらしてつぶやくと、パンティのウエストに指をかけた。

視線を意識しているのか、じわじわとおろしていく。すると、恥丘にそよぐ漆黒の秘毛が溢れ出す。意外にも毛量は多く、逆三角形に手入れされており、長さは短めにそろえられていた。

パンティも取り去り、これで瑠璃が身に着けているものはなにもない。二十三歳の瑞々しい裸体があからさまになっている。どこもかしこも繊細で、触れると壊れてしまいそうだった。

「係長……なんか言ってください」

瑠璃が消え入りそうな声でつぶやいた。

羞恥のため涙目になっている。内股になって腰をよじるが、手で身体を隠すことはない。すべてを忠雄の目にさらしていた。

「き……きれいだよ」

ようやく声を絞り出す。四十歳の忠雄には、若々しい女体が眩《まぶ》しすぎる。思わず目を細めながら全身を眺めまわした。

「もっとよく見せてくれないか」

忠雄はソファから立ちあがると、瑠璃の手を引いて位置を入れ替える。そして、今度は彼女をソファに座らせた。

「なにをするんですか？」

瑠璃が期待に満ちた瞳を向けてくる。触れてもいないのに、乳首は硬くとがり勃っていた。

「キミのすべてを見たいんだ」

忠雄は彼女の目の前にひざまずくと、両膝をそっとつかんだ。

瑠璃がいっさい抵抗しないので、ゆっくり左右に割り開いていく。すると、白い内腿が無防備にさらされて、さらに中心部の秘めたる部分も露になった。

「おおっ……」

それを目にした瞬間、忠雄は思わず感嘆の声を漏らしていた。

黒々とした陰毛の下にあるのは、サーモンピンクの女陰だ。まったく型崩れのない慎ましやかなたたずまいだが、フェラチオしたことで興奮したのか、たっぷりの蜜で潤っていた。

「やだ……恥ずかしいです」

口ではそう言っているが、瑠璃は脚を閉じようとしない。ソファに寄りかかって下肢を大きく開き、女の中心部をさらしていた。忠雄は左右の足首をつかんで持ちあげると、足の裏をソファの座面に乗せあげた。

「ああっ、ま、待ってください」

瑠璃の唇からうろたえた声が紡がれる。そんな反応をされると、ますます辱《はずかし》めたくなってきた。

「すごい格好だね。お尻の穴まででまる見えだよ」

左右の内腿に手のひらをあてがい、股間に顔を寄せていく。

サーモンピンクの割れ目の下に、くすんだ色の肛門が見えていた。細かな皺《しわ》が放射状にひろがり、視線を感じて微かに蠢いている。息をそっと吹きかけると、驚いたようにキュッとすぼまった。

「あンっ……そんなに近くから……」

瑠璃が羞恥に耐えかねたように腰をよじる。忠雄も耐えられなくなり、女陰にむしゃぶりついた。

「ああッ、ダ、ダメぇっ」

本気でいやがっているわけではない。その証拠に脚は開いたままだし、膣口からは大量の華蜜が溢れ出していた。

「こんなに濡らして……うむむっ」

忠雄は口を密着させると、岩清水のように染み出してくる果汁を貪り飲んだ。

「はああッ、そ、そんな……あああッ」

彼女の喘ぎ声が耳に心地いい。だから、なおさら愛撫が加速する。舌を伸ばして割れ目をヌルリと舐めあげた。

「ああッ、い、いや、あああッ、いいっ」

白い内腿に鳥肌がひろがっている。舌が這いまわるたびに痙攣して、愛蜜が次から次へと溢れ出した。

二枚の女陰は溶け出しそうなほど柔らかい。舌で触れるだけで、いとも簡単に形が変わる。とがらせた舌先を膣口に押しつけると、ヌプヌプと埋まっていく。膣襞が波打つ様子が伝わり、思わず愛撫に熱が入った。

「これがいいんだね……ンンっ」

舌を出し入れすれば、彼女の悶え方が激しくなる。膣口が締まり、膣襞もいっせいにざわめいた。

「あッ、あッ、い、いいっ」

瑠璃が両手を伸ばして、忠雄の頭を抱えこむ。もう居ても立ってもいられないという感じで、股間をクイクイしゃくりあげた。

「ああッ……あああッ」

「これか、これがいいのか？」

彼女に絶頂が迫っている。忠雄は懸命に舌をピストンさせて、同時に上唇をクリトリスに押しつけた。

「ああッ、いいっ、気持ちいいっ」

瑠璃の喘ぎ声が甲高《かんだか》くなる。ソファに背中を預けて寄りかかり、女体を大きく仰け反らせた。

「はああッ、イ、イクッ、イッちゃうっ、はあああああああッ！」

ついに瑠璃がエクスタシーの波に呑みこまれていく。脚を大きく開いたまま、下腹部を艶めかしく波打たせた。

愛蜜がどっと溢れて、忠雄はすかさず口をつけて吸いあげる。若い愛汁で喉を潤せば、牡の欲望がもりもりふくれあがった。

「瑠璃っ！」

まだ絶頂している女体をソファに押し倒す。勢いのまま覆いかぶさると、屹立しているペニスを膣口にねじこんだ。

「あああッ、い、今はダメですっ」

慌てた様子で瑠璃が声をあげる。だが、忠雄は構うことなく、肉柱をズブズブと埋めこんでいく。

「イ、イッてるのに……ひああッ」

瑠璃の唇から金属的な嬌声《きょうせい》がほとばしる。まさか絶頂している最中に挿入されると思わなかったのだろう。女体が陸に打ちあげられた魚のように跳ねまわり、女壺も激しくうねりはじめた。

「くうウッ」

忠雄もいきなり快感に襲われて、慌てて奥歯を食いしばる。そして、ペニスを根元まで押しこんだ。

「あンンっ……ダメって言ったのに」

瑠璃が抗議するように見あげてくる。しかし、忠雄を押し返すことはなく、両手を腰に添えてきた。

「これがほしかったんだろ」

腰をゆったりまわしながら語りかける。膣道自体が狭いうえ、猛烈に収縮しているので締めつけは強烈だ。太幹が絞りあげられて、ペニスから全身へと快感の波がひろがった。

「は、はい……これがほしかったんです」

瑠璃はうっとりした顔で何度もうなずいた。

「ああンっ、い、いいっ」

かすれた声でつぶやき、股間をしゃくってくる。女壺がクチュクチュと鳴って、太幹を擦りあげた。

「ううッ」

たまらず呻きながら、小ぶりな乳房に手のひらを重ねていく。乳首を指の間に挟みこみ、柔肉をやさしく揉みしだいた。

「はああンっ、き、気持ちいいです」

どうやら乳首が感じるらしい。指の間でクニクニと刺激すれば、瑠璃の喘ぎ声が高まった。

「ううッ、俺も動くぞ」

欲望がどんどんふくらんでいる。もうじっとしていることができず、いきなり力強く腰を振りはじめた。

「あンっ……あンっ……」

ペニスを突きこむたび、瑠璃の唇から甘い声が溢れ出す。亀頭を深い場所まで到達させれば、膣道のうねりが大きくなった。

「あああッ、係長っ」

「ぬううッ、これはすごいっ」

快感に誘われて腰の動きを激しくする。彼女も積極的に股間をしゃくりあげて、ふたりの動きが一致することでさらに愉悦が大きくなった。

欲望にまかせて腰を振りまくる。ペニスを何度も深い場所までたたきこみ、カリで膣壁をえぐりまわす。女壺が敏感に反応して膣襞がザワザワと蠢き、自然と抽送速度がアップした。

「おおッ……おおおッ」

「あッ、ああッ、いいっ」

忠雄の唸り声と瑠璃の喘ぎ声が交錯する。互いに感じていることがわかるから、なおさら快感がふくらんでいく。

「ああッまたイッちゃいそう」

瑠璃の切羽つまった声が、忠雄の興奮をさらに煽り立てる。ふたりは最後の瞬間に向けて、欲望のままに腰を振りまくった。

「くうッ、も、もう出すぞっ」

「は、はいっ、あああッ、わたしのなかに出してくださいっ」

遠くに見えていた絶頂の大波が、轟音を響かせながら迫ってくる。忠雄は上半身を伏せて女体を抱きしめると、ラストスパートの抽送に突入した。

「おおおッ、い、いくぞっ、おおおッ、くおおおおおおッ！」

ついに膣内で精液を噴きあげる。若い女子社員を抱きしめて、欲望のままに白濁液を注ぎこんだ。

「はあああッ、い、いいっ、あああッ、イクッ、イクぅうッ！」

瑠璃もアクメの声を響かせる。忠雄の体にしがみつき、両手を背中にまわして爪を立てた。

「あああッ、係長っ」

股間をググッと迫《せ》りあげて、蜜壺でペニスを締めつける。

全身で快楽を味わっているのだろう。あらゆる箇所を痙攣させながら、瑠璃はうっとりした様子で目を閉じた。

濡れ襞が蠢き、ペニスの表面を這いまわる。まるで放尿するように、精液が大量に噴きあがった。気が遠くなるほどの快楽に襲われて、痙攣をつづける瑠璃に折り重なった。


「急にお邪魔して、すみませんでした」

瑠璃は玄関でパンプスを履くと深々と頭をさげた。

濃紺のスーツを着て、トレンチコートを腕にかけている。頬が微かな桜色に染まっているが、それ以外は完璧なＯＬの姿だ。まさか先ほどまで、自分に抱かれて悶え泣いていたとは思えなかった。

「い、いや……気をつけて戻るんだぞ」

忠雄は声をかけながらも、頭の片隅では別のことを考えていた。

また不貞を働いてしまった。短期間に三人の女性と関係を持ったのだ。妻を裏切った罪悪感が芽生えていた。

(俺は、また……)

妻の顔を思い浮かべると胸が苦しくなる。

しかし、一番の問題は罪悪感が小さくなっていることだ。不貞を働くたびに後悔して反省している。その一方で妻以外の女性を抱くことに、だんだん慣れているのが恐ろしかった。

「これきりにしましょう」

瑠璃が静かにつぶやいた。

「係長、奥さんのことを考えてるんですよね」

図星だった。おじさん好きと言うだけあって、中年男の心理がわかるのかもしれない。

「家庭を壊すつもりはありません」

思いのほか穏やかな声だった。

最初から一度だけと決めていたのだろう。瑠璃の態度は拍子抜けするほど、あっさりしていた。

「る、瑠璃……いや、関根くん」

忠雄は申しわけない気持ちになって頭をさげた。

懇願されて瑠璃を抱いた。しかし、結局、己の欲望をぶつけたかっただけなのではないか。今さらだが、彼女の気持ちを利用した気がして胸が痛んだ。

「わたしが望んだことですから」

瑠璃は満足げな笑みを浮かべると、何事もなかったように立ち去った。

第四章　真夜中の在宅ハーレム

1

瑠璃が尋ねてきてから三日が経っていた。

あれから一度も連絡は来ていない。彼女は別れぎわに「家庭を壊すつもりはありません」と言っていた。

仕事上の質問というのは単なる口実で、年上の男性に憧れて忠雄の様子を見に来たのは確かだろう。

一度抱かれたことで満足したのか、それとも忠雄のなかにある妻への後ろめたさを感じて遠慮したのかもしれない。いずれにせよ、彼女との関係が発展することはない。

快楽を共有したあの時間は、ふたりだけの秘密だった。

在宅勤務になってから、かれこれ一カ月以上になる。

最初はあれほど抵抗があったのに、今ではさほどいやではなくなっていた。課長が相変わらず不意打ちで連絡してくるのは困りものだが、それも仕事のうちなのだから仕方がない。課長の厳めしい顔にもだんだん慣れてきた。

ただ、仕事中の誘惑を完全に断ち切れているわけではなかった。

昼飯を食べていて、ビールを飲みたくなることはしょっちゅうある。苛々しているときや疲れているときはなおさらだ。トイレに立ったときに、ついテレビを見てしまうこともある。睡魔に襲われるのもめずらしくない。寝室には行かないが、椅子に座った状態でうたた寝することもあった。

それでも、なんとか自分を律することができるようになってきた。

妻以外の女性たちとの出会いが、単調なテレワーク生活に刺激を与えている。なにしろ、菜々子や恵里奈、瑠璃らとセックスできたのだ。しょぼくれていた自分が、魅力的な女性たちと深い関係になるとは思いもしなかった。

昼休みに逢花の顔を見るのも楽しみのひとつだ。それだけでも生活にリズムができて、午前中の仕事は集中できるようになった。

老人にクレームをつけられていたところを助けてから、逢花は親しみのこもった笑みを向けてくれるようになっていた。

「自炊をなさっているのですか？」

先日、逢花のほうから声をかけてくれたときは、小躍りしたいほどうれしくなった。野菜や肉をよく買っていくので不思議に思ったのかもしれない。ちょうど他に客がいなかったこともあり、逢花はにこやかに尋ねてきた。

「簡単なものしか作れませんけど」

忠雄は確かそんなことを言ったと思う。緊張でよく覚えていないが、とにかく舞いあがるような気持ちだった。

「お勤め先は近くなのですか？」

「ええ……自宅で仕事をしています。テレワークというやつです」

一瞬、躊躇《ちゅうちょ》したが素直に告げた。

忠雄の会社では微妙な立場になってしまうが、今は在宅勤務を導入している会社も増えているという。忠雄が普通にしていれば、自分の苦しい状況まで伝わることはない。だから、あえて微笑を浮かべるようにした。

「なにしろ一日中、家でパソコンに向かっているので運動不足なんです。それで、少しでも体を動かそうと思って、買い物に来てるんです」

一番の目的は逢花の顔を見ることだが、それは胸に秘めておく。テレワークでバリバリ働きつつ、自炊もしている男を気取ったつもりだが、上手くいっただろうか。しょぼくれた中年男にだけは見られたくなかった。

短い会話だったが、マンションに戻る足取りは軽かった。たったそれだけで励みになり、生活に張りが出てくる。仕事もやる気になるのだから、男というのはつくづく単純な生き物だった。

今日も午後五時ぴったりに仕事を終えた。

書斎を出ると、微かに水の弾ける音が聞こえて思い出す。今夜、妻は夜勤だと言っていた。出かける前にシャワーを浴びているのだろう。

リビングに向かうと、やはり食事の支度はしていなかった。

妻は確か深夜勤のはずだ。午前零時からの勤務なので、まだ出かけるまで少し時間があるだろう。

そんなことを考えていると、美紗がバスタオルで髪を拭きながらリビングに入ってきた。

「お疲れ。今日は夜勤だろ、晩飯は出前にするか」

忠雄が声をかけると、美紗は意外そうな目を向けてくる。そして、すぐに視線をそらすと「そうね」とつぶやいた。

「ピザと寿司、どっちがいい？」

妻はすぐ冷蔵庫に向かってしまうが、その背中に再び語りかける。ピザも寿司も彼女の好物だった。

「じゃあ、ピザにしようかしら」

振り返った美紗が、そう言いながら不思議そうに見つめてきた。

「仕事の前だから、小さいやつでいいか。腹いっぱいにすると眠くなるだろ」

以前、妻がそんなことを言っていたのを聞いた覚えがある。忠雄も腹がふくれると睡魔に襲われるので、その気持ちがよくわかった。

「今日はどうしたの？」

「えっ……なにが？」

急に真顔で問いかけられて不安になる。思わず頬の筋肉をひきつらせて、妻の顔を見返した。

「やけに気が利くと思って」

「べ、別に普通だろ……これくらい」

懸命に平静を装うが、胸のうちに芽生えた不安はさらに大きくなっていく。

もしかしたら、浮気をした後ろめたさから、無意識のうちにやさしく接していたのだろうか。そういう失敗談を聞いたことがある。男は嘘が下手で普通に振る舞うことができないから、妻に浮気がバレてしまうらしい。

（まずい……）

額に冷や汗が滲むのがわかった。

どう切り抜けるべきか、頭をフル回転させる。しかし、美紗はすぐに興味をなくした様子で冷蔵庫に向かった。

「あなたに限って、それはないか」

なにやら独りごとを言いながら、ミネラルウォーターを取り出した。

（危なかった……）

忠雄は内心ほっと胸を撫でおろすと、サイドボードに向かった。

ピザ屋のメニューを探す振りをして、横目で妻の動きを確認する。夫の浮気を疑う様子もなく、ペットボトルのミネラルウォーターを飲んでいた。

不安が収まってくると、今度は苛立ちがこみあげてくる。きっと美紗は、忠雄のことを甲斐性のない男だと思っているのだろう。浮気をする度胸もないと決めつけているのだ。

（俺だって、まだまだ捨てたもんじゃないんだぞ）

大声で言ってやりたい気分だった。

実際はテレワーク生活に入ってから、三人の女性と身体の関係を持っている。妻とはセックスレス状態なのに、こんなことになるとは思いもしない。どこに出会いが転がっているかわからなかった。


宅配ピザで腹を満たして一服すると、妻は出かける準備に取りかかった。

忠雄はテリヤキピザが食べたかったが、家庭円満を考えるなら妻の意見を優先するべきだ。ここは一歩引いて、美紗の好きなマルゲリータを注文した。その選択が正解だったのか、妻の機嫌は久しぶりによかった。

忠雄はコンビニにビールを買いに行くついでに、出勤する妻といっしょにマンションのエントランスまで出た。

「じゃあ、行ってくるわね」

美紗がめずらしく笑みを浮かべて、忠雄の目をまっすぐ見つめてきた。

「うん。気をつけて」

忠雄は妻を見送ってコンビニに向かった。

複雑な思いが胸の奥に芽生えている。妻を裏切った罪悪感と、妻以外の女性とセックスした優越感、相反するふたつの感情が同居していた。

コンビニでビールを買って戻ると、忠雄はソファに身を投げ出した。

しばらくぼんやり寝そべっていると、テーブルに置いてあったスマホが着信音を響かせた。

(こんな時間に誰だよ)

もう夜十時過ぎだ。まさか課長ではないだろう。

横になったまま手を伸ばしてスマホをつかんだ。画面には「森沢」と表示されている。だが、すぐには顔が思い浮かばない。

(森沢……森沢……あっ!)

首をかしげた直後、ふいに記憶がつながった。

五階に住んでいる人妻の菜々子だ。携帯番号を聞かれたので登録したのだが、本当にかけてくるとは思いもしない。妻に見られたときのことを考えて、苗字だけにしておいたので、よけいにわからなかった。

「はい、吉村です」

忠雄は体を起こしてソファに座ると、少し緊張しながら電話に出た。

「こんばんわ。森沢です」

菜々子の声は思いのほか軽かった。

いったい、どういう用件だろう。こんな時間に電話をかけてくるとは、なにかあったとしか思えなかった。

「よろしかったら、お酒でもごいっしょしませんか？」

「はい？」

反射的に聞き返してしまう。

そんな呑気《のんき》な用件で電話をかけてきたのだろうか。もし妻がいたらどうするつもりだったのか、想像すると恐ろしくなった。

「こんな時間に困りますよ」

「でも、奥さまはお留守ですよね」

菜々子はまったく悪びれた様子がない。監視されているような気がして、忠雄は思わず黙りこんだ。

「さっき近所に買い物に出掛けて帰ってきたとき、たまたまエントランスでお見かけしたんです。奥さま、今夜は夜勤なんですね」

「あっ、なるほど……そういうことですか」

忠雄はほっとして息を吐き出した。

伴侶を持つ者同士、行動は慎重でなければならない。だからこそ、こんな時間に電話をかけてきたことに驚いた。

「びっくりしましたよ」

「驚かせてしまってごめんなさい。それで、お酒でもどうですか」

「俺は構いませんけど……旦那さんは？」

念のため尋ねてみる。

菜々子には大手ゼネコンに勤務する夫がいるのだ。浮気をしているらしいが、万が一にも鉢合わせするような事態は避けなければならない。

「出張中なの。明日の夜まで帰ってこないから大丈夫です」

そういうことなら安心だ。こうして夫が留守のときに誘ってくるということは、彼女もその気があると思っていいだろう。

（そうか……じゃあ、また……）

忠雄のなかで瞬く間に期待がふくれあがる。

菜々子の素晴らしい女体と積極的なプレイを思い出したことで、ペニスがむずむず疼《うず》き出した。

「せっかくなので、少しだけお邪魔してもよろしいですか」

「もちろんです。手ぶらで結構ですよ」

「では、のちほどお伺いします」

下心を押し隠して、落ち着いた声を心がける。性欲は盛りあがっているが、まだ格好つける余裕は残っていた。

2

忠雄は急いでシャワーを浴びると、洗面所で歯を念入りに磨いた。

洗い立てのワイシャツとボクサーブリーフを身に着けてスラックスを穿き、鏡に映った自分の姿を確認する。腹が少し出ているのが気になるが、腹筋に力を入れていればなんとかごまかせるだろう。

(よし、大丈夫だな)

手櫛《てぐし》で髪を整えると、ワイシャツについていた埃《ほこり》を払った。悪くないと思う。少なくともしょぼくれている中年男には見えないだろう。

忠雄は期待に胸をふくらませて部屋を出た。

エレベーターに乗って五階にあがると、胸の鼓動が速くなる。期待と緊張が入りまじり、いつしか体が火照りはじめた。ペニスが熱を帯びて、早くもスラックスの前がふくらんだ。

（おいおい、気が早いな）

思わず苦笑しながら廊下を進んでいく。

そして、菜々子の部屋の前で立ちどまって深呼吸すると、気持ちを整えてからインターホンのボタンを押した。

「はい」

スピーカーから菜々子の声が聞こえてくる。

「吉村です」

「お待ちしておりました。開いているので入ってください」

「はい、失礼します」

ドアノブをつかんでまわしてみる。確かに鍵はかかっていなかった。

ここに来るのは二度目だが、まだ気後れしてしまう。ドアをそっと開けると玄関に足を踏み入れた。

（鍵、かけたほうがいいのかな？）

靴を脱ごうとして、ふと思った。

これから菜々子と酒を飲み、その後、深い関係になるかもしれない。それを考えると、念のため鍵をかけたほうがいいのではないか。

迷っていると、リビングから菜々子がやってきた。

「吉村さん、どうぞ遠慮なさらないで」

「ど、どうも……こんばんわ」

淑《しと》やかな笑みを向けられて、忠雄は慌てて頭をさげる。すると、彼女はすっと手を伸ばして鍵をかけた。

「急に誰か来たら困りますから」

そう言った直後、彼女の口もとに意味深な笑みが浮かんだ。ところが、それは一瞬のことで、すぐにいつもの清楚な顔に戻っていた。

「こちらにどうぞ」

菜々子が先に立って歩き出す。

さらりとした黒髪からシャンプーの甘い匂いがふわっと香った。ふわふわした素材の淡いピンクのセーターを着て、クリーム色のフレアスカートを穿いている。柔らかい布地に包まれた尻が、左右にプリプリと揺れていた。

（これは……やっぱり期待していいのか？）

もう胸の高鳴りを抑えられない。忠雄は鼻息が荒くなりそうなのを懸命にこらえながら、彼女のあとをゆっくり歩いた。

いきなり後ろから抱きしめたら、彼女はどんな反応をするのだろう。

旦那は出張中なのでふたりきりだ。一度セックスしている仲だし、彼女もそのつもりで呼んだのだろう。少しくらい激しくしても怒らないのではないか。普段は淑やかな菜々子だが、セックスになると積極的なのを知っていた。

（ようし……）

リビングに入ったとたん、抱きしめるつもりだ。彼女は驚くだろうが、きっと抵抗しないだろう。

「ソファでお待ちくださいね」

菜々子がドアを開けて、リビングに足を踏み入れた。

無言で一気に距離をつめていく。そして、背後から今まさに抱きしめようとしたときだった。

「おじさん、本当に来たんだ」

女性の声が聞こえた。菜々子ではないが、聞き覚えのある声だ。

（まさか……）

菜々子の肩ごしにリビングを見ると、ソファに腰かけている女性と目があった。

「む、向井さんっ」

つい声が大きくなってしまう。黒革のソファに腰かけていたのは、先日、海へドライブに行き、身体を重ねた若妻、向井恵里奈だった。

胸もとが強調されたタイトなセーターに、赤いチェックのミニスカートという大胆なファッションだ。

「ど……どうして……」

「ふふっ、びっくりした？」

恵里奈は明るい茶色の髪を揺らして、楽しげな笑みを浮かべている。忠雄はなにが起きたのかわからず、リビングの入口で立ちつくしていた。

「驚かせてしまってごめんなさい」

隣に立っている菜々子が申しわけなさそうに頭をさげる。だが、口もとには笑みが浮かんでいた。

「わたしと恵里奈ちゃんはお友だちなんです」

菜々子が穏やかな声で説明してくれる。

ふたりは同じドラッグストアでアルバイトをしていて知り合ったという。同じマンションに住んでいるとはいえ、ふたりのタイプがまったく異なるので、つながっているとは予想もしなかった。

「てっきり、ふたりきりかと……」

つい口走ってしまう。とたんに恵里奈がにらみつけてきた。

「それって、あたしが邪魔ってこと？」

目つきが鋭くなっている。機嫌を損ねると面倒なので焦ってしまう。

「そ、そういう意味じゃ……べ、別にヘンなことは考えてませんよ」

慌ててごまかそうとするが、墓穴を掘ってしまった気がする。しどろもどろになっていると、今度は菜々子が見つめてきた。

「ふたりきりだったら、ヘンなことをするつもりだったんですか？」

からかうように言われてドキリとする。

恵里奈がいるのに、いったいなにを考えているのだろう。ふたりの関係がバレるのではないかと不安になった。

「おじさん、まさかエッチなこと考えてたの？」

すかさず恵里奈も突っこんでくる。

すでに菜々子とセックスしたことがバレたら、なにを言われるかわからない。この場をどうやって切り抜ければいいのだろう。忠雄はひきつった笑みを浮かべるだけで、なにも言えなくなってしまった。

(まいったな……)

ふたりの視線を浴びて、たじたじになってしまう。先ほどまでの浮かれていた気持ちが、すっかりしぼんでいた。

それにしても、意外な組み合わせのふたりだった。

淑やかな菜々子にヤンキー風の恵里奈。年齢も三十歳と二十四歳と微妙に離れている。夫の職業も大手ゼネコン勤務と居酒屋経営でまったく違う。ふたりに共通点があるとは思えなかった。

(どうして仲よくなったんだ?)

いくらアルバイトが同じでも、なにか釈然としない。

共通の趣味などがあって、盛りあがったりしたのだろうか。そのとき、ふと思い出した。

(浮気だ……ふたりとも旦那に浮気をされたんだ)

それだけではない。ふたりとも忠雄とセックスをしていた。

（ま、まさか……）

背すじがゾクッと寒くなった。

それが共通の話題という可能性もある。

なにかいやな予感がした。ふたりの人妻を交互に見やる。菜々子も恵里奈も妖しげな笑みを浮かべていた。

（誰か、なんか言ってくれよ）

重い沈黙が流れる。

どうして自分が呼ばれて、なぜ恵里奈がここにいるのか。いまだに理解できていない。ただ、いやな予感だけが、どんどん成長していた。

「吉村さん、ごめんなさい」

唐突に菜々子が沈黙を破った。

「恵里奈ちゃんは知ってるんです」

「知ってるって……なにをですか？」

恐るおそる聞き返す。

いったい、どういう意味だろう。ところが、菜々子は再び黙りこんでしまう。沈黙とともに、いやな予感がさらにふくれあがった。

した。


「あたしも知ってるんだよね」

今度は恵里奈が口を開いた。

目が合うと、いたずらっぽく肩をすくめる。そして、頬を微かに染めながら切り出した。

「菜々子さんとエッチしたんでしょ」

ストレートな言葉が胸に突き刺さった。

やはり知っていたのだ。菜々子が打ち明けたのだろうか。しかし、不貞を他人に知られるのは、リスクだけでメリットはなにもなかった。

「どうして……」

「おじさんと菜々子さんが、スーパーで立ち話をしているのを見て、ピンと来たんだよね。おじさん、やけにウキウキしてたから」

そう言われて思い出す。

いつものスーパーで菜々子に会ったとき、何度か言葉を交わしたことがあった。それを恵里奈に見られていたのだろう。普通に接していたつもりだが、浮ついて見えたのだろうか。

「わたしもです。スーパーで吉村さんが恵里奈ちゃんと話しているのを見て、ずいぶん親しげだったから、もしかしてと思って……」

菜々子も同じことを感じたらしい。やはりスーパーで恵里奈と話しているところを目撃されていたのだ。

つまり忠雄があまりにも浮かれていたので、不貞を働いていたのがバレバレだったというわけだ。そして、菜々子と恵里奈は確信を持って、胸に秘めていたものを打ち明けあったという。

「あたしだけじゃなかったんだね。おじさん、意外とやるじゃん」

「まじめな方だと思っていたので……驚きました」

恵里奈がからかいの言葉をかければ、菜々子はささやくような声でつぶやいて視線をそらす。

まさかふたりが不貞の秘密を共有していたとは思いもしない。こうして忠雄を呼び出して、いったいなにを企んでいるのだろうか。

(まさか、俺を脅すつもりじゃ……)

恐ろしい考えが脳裏に浮かび、思わず全身を凍りつかせた。

もしかしたら、金を脅し取るつもりだろうか。ふたりの人妻と不貞を働いていたことをバラされたら、離婚は間違いない。充分、脅しのネタにはなるだろう。

（いや、いくらなんでも……）

彼女たちに限って、そんなことはないと思いたい。しかし、ふたりに呼び出された理由がわからなかった。

「とにかく、飲みましょう」

菜々子が気を取り直したようにつぶやいた。

「そうだね。おじさんは座って待っててよ」

恵里奈も明るい声で言うとソファから立ちあがる。そして、忠雄に向かって手招きした。

「はい、ここね」

「う、うん……」

うながされるままソファに腰をおろす。しかし、今ひとつ状況がつかめず、どうにも落ち着かなかった。

「わたしたちで簡単なおつまみを作りますから、テレビでも見ながら少しお待ちください」

菜々子がリモコンを操作してテレビをつけてくれた。

「は、はい」

忠雄は小声でつぶやき、テレビに視線を向ける。ふたりは背後にある対面キッチンへと向かった。

よくわからないが待つしかないと思った。

3

「お待たせしました」

背後から菜々子の声が聞こえた。

忠雄は不安な気持ちを抱えたまま、ゆっくり振り返った。すると、対面キッチンの前に菜々子と恵里奈が立っていた。

「えっ……」

ふたりの姿を目にして、思わず言葉を失った。

なぜか、ふたりとも素肌の上にエプロンだけを纏っている。俗に言う「裸エプロン」の状態になっていた。

(な、なんだ、これは？)

なにが起きたのか、さっぱりわからない。とにかく、考えるよりも先にふたりの姿を凝視した。

右に立っている菜々子は、胸当てのある家庭的な白いエプロンをつけている。乳房が大きいので、胸当ての脇から柔肉が溢れていた。

横乳のまるみが露出しており、腰のくびれたラインもはっきり確認できる。エプロンの裾がミニスカートのようになっていて、むちっとした太腿が付け根近くまで露になっていた。

左の恵里奈はメイド風のヒラヒラした薄ピンクのエプロンをつけている。ヤンキー気質の彼女だが、愛らしいエプロンが意外なほど似合っていた。

乳房がメロンのように張りがあるので、前当てが大きく盛りあがっている。やはり横乳が溢れており、瑞々しい肌を隠せていない。裾がヒラヒラして心許《もと》ないのか、内股になっているのがかわいかった。

「いかがですか？」

菜々子が頬を桜色に染めながら尋ねてくる。

しかし、忠雄は目の前の光景に圧倒されて、なにも答えることができなかった。どうして、ふたりはこんな格好をしているのだろう。疑問が湧きあがるが、それでも前のめりになり、ふたりの人妻を交互に見つめていた。

「なんか言ってよ。恥ずかしいんだから」

恵里奈がまっ赤になってうながしてくる。

自分で裸エプロンになったのに、羞恥に襲われているらしい。腰をもじもじよじらせながら見つめてきた。

「う、うん……か、かわいいですよ」

やっとのことで言葉を絞り出す。今はしゃべるよりも見ていたい。ふたりの色っぽい姿を網膜に焼きつけておきたかった。

「恵里奈ちゃん」

菜々子が声をかけると、恵里奈がこっくりうなずいた。そして、ふたりは同時にクルリとまわった。

「おおっ！」

忠雄は思わず両目をカッと見開いた。

裸エプロンの人妻がその場でまわったことで、むっちりした尻が露になった。そればかりではなく、背後はエプロンの紐がある以外はまる見えだ。眩《まばゆ》いほどの白い肌が視界に飛びこんできた。

（す、すごい……）

ふたり同時なので、衝撃はさらに大きかった。

そもそも酒を飲むつもりで来たが、もうそんなことはどうでもいい。人妻の裸エプロンに欲望を煽られて、すでにペニスはガチガチに硬くなっていた。

「吉村さん」

「おじさん」

菜々子と恵里奈が歩み寄ってくる。そして、左右から迫ってくると、それぞれ忠雄の手を握ってきた。

「立ってもらえますか」

穏やかな声で菜々子が語りかけてくる。

「なにを……」

「いいからいいから」

今度は恵里奈が笑いかけてきた。

いったい、なにをするつもりなのだろう。もう不安はなくなり、妖しい期待がふくれあがっていた。

ふたりに手を取られてソファから立ちあがった。

「吉村さん、楽にしてくださいね」

菜々子がすっと身を寄せてくる。そして、ほっそりした指先で、ワイシャツのボタンをはずしはじめた。

「じゃあ、あたしはこっちだね」

恵里奈が足もとにしゃがみこみ、ベルトを緩めていく。さらにスラックスのホックもあっさりはずした。

「あ、あの……もしかして……」

遠慮がちに口を開くと、目で菜々子に問いかける。すると、彼女は恥ずかしげにうなずいた。

「一度でいいから三人でしてみたかったんです。それで、恵里奈ちゃんに協力をお願いしました」

「でも……その格好は？」

わざわざ裸エプロンになった意味がわからない。忠雄が問いかけると、菜々子は濡れた瞳で見つめてきた。

「盛りあがると思ったんです。男の人、こういう格好がお好きなんですよね？」

どうやら、今宵の宴《うたげ》はすべて菜々子の発案らしい。

彼女は耳もとで話しながらボタンをすべてはずすと、忠雄の体からワイシャツを剥ぎ取った。

普段は清楚な人妻にしか見えないが、じつは淫らな欲望を抱えこんでいる。前回も積極的にペニスをしゃぶり、騎乗位で思いきり腰を振っていた。そして、今夜は３Ｐをするつもりだというから驚きだった。

「おじさんはしたことあるの？」

恵里奈はスラックスのファスナーをさげると、スラックスを剝きおろした。そして、ボクサーブリーフのウエストに指をかけた。

「あ、あるわけないよ」

「あたしもだよ」

上目遣いに見あげながら、恵里奈がボクサーブリーフを引きさげる。すでに屹立している男根が飛び出して、彼女は驚いた様子で肩をすくめた。

「すごい……もうこんなになってる」

恵里奈は意外と初心だが、セックスには興味があるようだ。

いきり勃った男根をまじまじと見つめては、亀頭にフッーと息を吹きかける。そうしながら、スラックスとボクサーブリーフを足から抜いた。

これで忠雄が身に着けている物はなくなった。

裸に剝かれて、他人の家のリビングで立ちつくしている。そして、裸エプロン姿の人妻ふたりが寄り添っているのだ。異様な状況が欲望を刺激して、男根は今にも臍につきそうなほど反り返った。

「興奮されてるんですね」

菜々子がぴったり身を寄せてくる。

「こういうの、やってみたかったんですか？」

内心を見抜かれた気がしてドキリとした。

じつは、以前から３Ｐに興味があった。妄想したことも数えきれないほどある。だが、実現する機会はないだろうとあきらめていた。

「わたしは、やってみたかったんです」

「お、俺も……俺もです」

昴ぶりにまかせてうなずくと、菜々子が耳もとで「ふふっ」と笑った。

「それなら楽しみましょう」

耳たぶに唇を触れさせて、息を吹きこみながらささやいた。そうしながら片手で肩を抱き、もう片方の手を胸板に這わせてくる。指先をツーッと滑らせて、乳輪をそっとなぞってきた。

「うっ……」

思わず体に力が入る。すると、今度は恵里奈がペニスに指を巻きつけてきた。

「くっ、ちょ、ちょっと……」

「カチカチだね。それにすごく太いよ」

こうやってじっくり触れる機会がなかったらしい。恵里奈は硬さを確かめるように、指に力を入れたり緩めたりをくり返した。

（そ、そんなにされたら……ううッ）

快感が湧き起こり、尿道口から透明な汁が溢れてしまう。

忠雄の欲望は急激に高まっている。それをわかっているのかいないのか、恵里奈は指をゆっくりスライドさせて、肉筒をしごきはじめた。

そのタイミングで菜々子が乳首を摘まみあげる。その瞬間、電流にも似た刺激が走り抜けて、体がビクッと反応した。

「くううッ」

「乳首も硬くなってますね」

菜々子がささやきながら、耳の穴に舌を入れてくる。ねちっこく舐められると同時に、クチュッ、ニチュッという卑猥な音が大音量で響き渡った。

「くおッ……も、森沢さん」

思わず訴えたそのとき、ペニスの先端が熱いものに包まれた。

まさかと思って見おろすと、恵里奈が亀頭をぱっくり咥えている。唇を肉胴に密着させて、男根の先端を口に含んでいた。

「む、向井さんっ……おおおッ」

たまらず呻き声が溢れ出す。

人妻ふたりに責められて、異なる快感を同時に送りこまれているのだ。腰に小刻みな震えがひろがり、やがて膝もガクガク揺れはじめた。

「そんなに震えて、どうしたんですか？」

菜々子が耳を舐めながらささやきかけてくる。その声も愛撫になり、ますます震えが大きくなってしまう。

「あふっ……はむンンっ」

恵里奈も唇を滑らせて、硬化した砲身を呑みこんでいく。柔らかい唇の感触がたまらず、気づくと低い声で唸っていた。

「くおおおッ」

「もっと感じていいんですよ」

菜々子が耳をしゃぶりながら背後に移動する。背中から抱きつく格好になり、両手を胸板にまわして双《ふた》つの乳首をいじってきた。

「ううッ……くううッ」

絶妙な力加減で転がされて、乳首は硬くとがり勃っている。そこをさらにしつこく指先で圧迫された。

「そ、そんなに……ううッ」

「ンはっ……あふっ……おふぅっ」

股間では恵里奈がゆったり首を振っている。唇で竿をしごきながら、舌も使って亀頭を舐めまわしていた。

ペニスが蕩けそうな快楽が湧き起こっている。硬くなった肉棒を唾液まみれにされて、そこをさらに柔らかい唇で擦られていく。快感がどんどん高まり、もう忠雄は呻くことしかできなくなった。

「後ろも舐めてあげますね」

背中に抱きついていた菜々子が、背すじに唇を這わせながらしゃがんでいく。ゾクゾクするような感覚に肩をすくめると、やがて柔らかい唇は尾骨を通りすぎて尻の割れ目に差しかかった。

「う、後ろって、まさか……」

忠雄のつぶやきを無視して、菜々子はさらに唇をさげていく。尻たぶを両手で割り開き、ついには唇が肛門に到達した。

「ひううッ！」

その瞬間、裏返った声がほとばしった。

まさか尻穴を舐められるとは思いもしない。菜々子が見かけによらず積極的なのは知っていたが、排泄器官に舌を這わせてくるとは驚きだった。

「ここも気持ちいいんですよ」

菜々子は臀裂に顔を埋めた状態で、楽しげに語りかけてくる。そして、舌先を尻穴に這いまわらせて、唾液をたっぷり塗りこんできた。

「くおッ、そ、そこは……」

くすぐったさをともなう妖しい刺激が脳天まで駆け抜ける。とたんに腰がビクッと反応して、無意識のうちに突き出してしまう。その結果、ペニスを恵里奈の口に深く埋めこんでいた。

「あむううッ」

股間で苦しげな呻き声があがった。

亀頭で喉奥を突かれた恵里奈が、涙目になって忠雄の腰にしがみついている。それでもペニスを吐き出すことなく、首をグイグイ振りはじめた。

「おおッ、ちょ、ちょっと……ううぅッ」

背後では菜々子が尻穴をしゃぶりまわしている。前後から同時に敏感な箇所を責められて、もう立っているのもやっとの状態だ。もうなにも考えられなくなり、膝が凍えたように震えていた。

「あンンっ」

菜々子がとがらせた舌を尻の穴に押しこんだ。ヌルリッという感触とともに、頭のなかがまっ白になった。

「くおおおッ、き、気持ちいいっ」

わけがわからなくなり叫んでしまう。すると、恵里奈もここぞとばかりに首を激しく振りはじめた。

「ンッ……ンッ……ンンッ」

柔らかい唇で太幹を擦られて、亀頭を執拗に舐めまわされる。さらには頬がぼっこりくぼむほど思いきり吸茎された。

「ううううッ、も、もうっ」

否応なしに愉悦を送りこまれて、全身がガクガク痙攣する。

裸エプロン姿の人妻ふたりが、男根と肛門を同時に舐めしゃぶっているのだ。この世のものとは思えない快楽が押し寄せて、忠雄の全身を包みこんでいく。頭のなかまでトロトロになり、もうふくれあがる射精欲を抑えられない。

「おおおッ、で、出るっ、出る出るっ、ぬおおおおおおッ！」

ついに欲望が爆発して雄叫びを響かせる。目の前がまっ赤に染まり、沸騰した精液が尿道を駆け抜けた。

粘度の強いザーメンが、尿道口をくすぐりながら勢いよく噴きあがるのが気持ちいい。吸いあげられることで快感は倍増している。しかも、肛門に舌をねじこまれて敏感な粘膜をしゃぶられていた。

「おおおおッ……おおおおおッ」

忠雄は涎《よだれ》を垂らしながら気絶しそうな快楽に酔いしれる。思う存分、大量の精液を人妻の口内に放出した。

「あむうううッ」

ペニスを根元まで咥えた恵里奈が、くぐもった呻き声を漏らしている。注ぎこまれるそばから、喉をコクコク鳴らして精液を嚥下していった。

「はンンっ……」

背後では菜々子が執拗に肛門をしゃぶっている。舌先をなかで動かされるのが気持ちよくて、精液が二度も三度も噴きあがった。

4

忠雄は呆けた状態で、ダブルベッドの中央に横たわっていた。

フェラチオで射精に導かれたあと、寝室に連れてこられたのだ。十畳の空間で中央にダブルベッドが配置されている。カーテンはぴっちり閉じられており、照明が煌々《こうこう》と灯っていた。

両側に菜々子と恵里奈が寄り添っている。ふたりは裸にエプロンだけをつけた淫らな姿で、忠雄の耳や首すじに舌を這わせていた。

「まだまだ、これからですよ」

菜々子が耳たぶを甘噛みする。

「そうだよ。休んでる場合じゃないからね」

恵里奈も首すじをしゃぶり、鎖骨《さこつ》を舐めまわしてきた。

ふたりの人妻から同時に愛撫される。こんな経験はもう二度とできないかもしれない。昇りつめた直後だが、早くも股間がむずむずしてくる。萎《な》えかけていた男根が再び力を取り戻してきた。

「ううっ……」

次の瞬間、忠雄は小さく呻いて身をよじった。

菜々子と恵里奈が、同時に乳首を舐めまわしてきたのだ。唇をかぶせて舌を這わせると、チュウチュウ吸い立ててくる。硬くなった乳首を前歯で甘噛みされるのもたまらなかった。

「恵里奈ちゃん、いっしょに……」

「うん、いいよ」

菜々子が声をかけると恵里奈が小さくうなずいた。

なにを企んでいるのか、ふたりは下半身へと移動していく。そして、両側からペニスに顔を寄せてきた。

「吉村さん、ふたりで気持ちよくしてあげますね」

「もう勃ってる。期待してるんだね」

ふたりは舌を伸ばすと太幹に這わせてくる。根元からカリ首にかけてを、両側からねっとり舐めあげてきた。

さらに張り出したカリの内側にふたりの舌先は入りこむ。くすぐるように動き、ペニスがいっそう雄々しく屹立する。先端から透明な我慢汁が溢れ出して、亀頭全体を濡らしていく。

「くううッ」

思わず呻いて己の股間を見おろした。

裸エプロン姿の人妻がふたり、そそり勃ったペニスに奉仕している。顔を寄せ合って舌を伸ばし、丁寧に舐めまわしているのだ。この光景を目《ま》の当たりにしただけでも、欲望がどんどん盛りあがった。

「も、森沢さん……向井さん……」

上半身を起こしながら声をかける。

いつまでも受け身のままではいられない。牡の欲望がふくれあがり、膣に挿入して思いきり腰を振りたくなっていた。

ところが、菜々子がすっと顔をあげて膝立ちになった。そして、忠雄の目を見つめながら、顔のほうに這い寄ってくる。

「楽しませてもらっていいですか？」

口もとに妖しげな笑みを浮かべると、いきなり忠雄の顔にまたがってきた。

「ちょ、ちょっと——うむッ」

もう言葉を発することもできなかった。

突然の顔面騎乗で、桜色の女陰が口にぴったり押しつけられたのだ。菜々子は両膝をシーツにつけた状態で見おろしてくる。恥裂は愛蜜でぐっしょり濡れており、チーズにも似た淫らな芳香が溢れていた。

「ああンっ、吉村さん」

菜々子は両手を伸ばして忠雄の髪のなかに指を差し入れると、股間をクイクイ動かしてくる。濡れそぼった女陰と口が擦れて、湿った蜜音が響き渡った。

（こ、こんなことまで……）

信じられない状況になっている。

こうしている間も、一方の恵里奈はペニスをしゃぶっているのだ。顔面騎乗されながらのフェラチオで、かつてない興奮が湧きあがってくる。忠雄は菜々子の太腿を抱えこむと、舌を伸ばして女陰しゃぶりまわした。

「あッ……ああッ」

菜々子の唇から喘ぎ声がほとばしる。股間を夫以外の男の口に擦りつけながら、淫らに腰をよじらせた。

「おじさんのここ、すごくビンビンだよ」

股間からは恵里奈の楽しげな声が聞こえてくる。指で肉胴を擦りながら、亀頭をソフトクリームのようにペロペロ舐めていた。

(ううっ、す、すごい……)

忠雄は快楽にまみれながら、夢中になって菜々子の女陰を舐めまわす。とめどなく溢れてくる愛蜜をすすり飲み、舌先を膣口に沈みこませた。

「はンンっ、い、いいっ、気持ちいいです」

昼間は清楚な人妻が、うっとりした瞳で見おろして腰を振る。それならばと忠雄は口を密着させて、思いきり吸引した。

「ひあああッ、そ、そんなっ、ああッ、あああああああッ！」

菜々子の喘ぎ声が甲高いものに変化する。その直後、女体がビクビク震えて、膣口で舌が締めつけられた。

どうやら軽い絶頂に達したらしい。

菜々子は唇の端から涎を垂らして、うっとりした表情になっている。女陰からはまるでお漏らししたように愛蜜が溢れていた。

「恵里奈ちゃんも……」

忠雄の顔からおりると、菜々子が恵里奈に声をかける。

どうやら、忠雄の意志には関係なく、顔面騎乗がつづくらしい。断る理由はないので、忠雄は仰向けになったまま待ち受けた。

「なんか……恥ずかしいよ」

恵里奈はしきりに照れながら、おずおずと忠雄の顔にまたがってくる。薄いピンクの女陰が目の前に迫り、無意識のうちに凝視した。

「おおっ」

思わず唸ると、恵里奈が恥ずかしげに身をよじる。しかし、まだ膝立ちの状態で腰をおろそうとしなかった。

「ほら、お尻をさげて」

忠雄のほうが焦れて、彼女の腰をつかんで引き寄せた。

「ああっ！」

恵里奈の愛らしい喘ぎ声が響き渡った。

女陰が口に触れるなり、舌を伸ばして舐めまわす。すでに華蜜で潤っている割れ目に吸いつき、ねちっこくしゃぶりあげる。さらには女壺に埋めこんでヌプヌプと出し入れした。

「あッ……あッ……」

恵里奈が甘い声を振りまくと、菜々子がペニスを舐めはじめる。亀頭だけを咥えこんで、尿道口を舌先でくすぐってきた。

「くうッ」

たまらず快楽の呻き声が溢れ出す。

先ほどフェラチオで射精していなければ、一気に追いあげられていただろう。なんとか耐え忍びながら、恵里奈のクリトリスをチュルチュルと吸い立てた。

「そ、そこ、ダメっ、あああああッ」

とたんに甲高い喘ぎ声がほとばしった。絶頂が迫っているらしい。恵里奈の女体が激しく震えはじめた。

「ああッ、あああッ、イ、イクううッ！」

甘い声を振りまいて、忠雄の頭を両手で抱えながら昇りつめる。女体が硬直したと思うと、一気に脱力して崩れ落ちた。

恵里奈は忠雄の隣に横たわり、呆けた瞳を天井に向けている。メイド風のエプロンが乱れて、大きな乳房がこぼれ出ていた。乱れた呼吸に合わせて、ゆったり波打つ様が卑猥だった。

菜々子もペニスから口を離すと、恵里奈の隣に横たわる。やはりエプロンから乳房がこぼれており、乳首は硬くとがり勃っていた。

「今度は俺の番ですよ」

もう忠雄も我慢の限界だった。

上半身を起こして声をかけると、ふたりが期待に満ちた瞳を向けてくる。顔面騎乗で軽い絶頂に達したが、挿入を求めているのは明らかだった。

まずはふたりの女体からエプロンを引き剝がして全裸にする。最後の最後は、やはり生まれたままの姿で盛りあがりたい。彼女たちも同じ気持ちなのか、まったく抵抗することなく素肌をさらしてくれた。

ダブルベッドに裸の人妻がふたり横たわっている。

熟れた菜々子に、瑞々しい恵里奈。タイプの異なるふたりが、物欲しげな瞳で忠雄の顔を見あげていた。

「あぁっ、吉村さん……」

菜々子がため息まじりに呼びかけてくる。身じろぎすると、マシュマロのように白くて大きな乳房がタプンッと揺れた。

「おじさん……あたし、もう……」

恵里奈も焦れたように息を乱している。若くて張りのある乳房が、牡の欲望をかき立てた。

「ふたりとも、四つん這いになってもらえますか」

遠慮がちに声をかけてみる。すると、ふたりの人妻は抗うことなく四つん這いになっていく。

後ろから交互に貫くつもりだ。

一度でいいから、同時にふたりの女性を相手にしてみたいと思っていた。つい先ほどまで、それはただの妄想でしかなかった。

ところが、今、目の前でふたりの人妻が頬を染めて這いつくばっている。尻を高く持ちあげた獣《けもの》のポーズだ。菜々子の熟れた尻と恵里奈の若い尻、美臀が双つ並ぶとさすがに壮観だった。

(まさか、実現できる日が来るなんて……)

忠雄は信じられない気持ちで目の前の光景を見つめていた。

「で、では……」

緊張のあまり声がうわずってしまう。恐るおそる右手で菜々子の、左手で恵里奈の尻たぶを撫でまわした。

菜々子の尻はしっとりとした餅肌で吸いつくような感触だ。一方の恵里奈は張りがあって指が弾き返される。まったくタイプの異なるふたりだからこそ、ますます牡の欲望がふくれあがった。

姿勢を低くしてのぞきこめば女陰がまる見えだ。菜々子は鮮やかな桜色で、恵里奈は薄いピンク色をしている。顔面騎乗で舐めまわしたため、大量の愛蜜と唾液で濡れ光っていた。

「ああンっ、お願いします」

尻を揉んでみると、菜々子が我慢できないとばかりに身をよじる。結果として、挑発するように三十路《みそじ》の熟れ尻が左右に揺れた。

「ねえ、もう早くしてよぉ」

ついには恵里奈が懇願する。潤んだ瞳で振り返り、瑞々しいヒップをさらに高く突きあげた。

「じゃあ、向井さんから……」

忠雄は恵里奈の背後で膝立ちの姿勢になると、屹立したペニスを愛蜜まみれの女陰に押し当てていく。たったそれだけで湿った音がして、膣内に溜まっていた果汁が溢れ出した。

「ああンっ、おじさん」

恵里奈が甘えた声でおねだりしてくる。さらなる挿入を求めて、尻たぶを小刻みに震わせていた。

「いくよ……くううっ」

腰をゆっくり押し出せば、亀頭が二枚の陰唇を巻きこみながら埋没する。膣口にヌルリッと吸いこまれて、あっという間に根元まで収まった。

「ああっ、硬いっ」

恵里奈の背中が反り返り、尻たぶに痙攣が走り抜けた。

まずはゆっくりピストンする。張り出したカリが膣壁を擦り、女壺全体が波打つように反応した。

「うぐぐッ……す、すごい」

ペニスを強烈に締めつけられて、思わず呻き声が溢れ出す。

膣襞がからみつき、亀頭の表面をザワザワ動きまわる。愛蜜でヌメる感触も心地よくて、勢いのまま亀頭を奥まで突きこんだ。

「ああンっ、そんなに強く……ああンっ」

恵里奈は抗議するようにつぶやくが、女壺はうれしそうに反応している。ペニスをしっかり食いしめて、意志を持った生物のようにうねっていた。

「わたしのこと……忘れないでください」

そのとき、菜々子の淋しげな声が聞こえた。

隣を見やると、四つん這いの姿勢で振り返り、忠雄の顔を見あげている。瞳はねっとり潤んでいた。

「す、すみません、今すぐ」

忠雄は慌ててペニスを引き抜き、菜々子の背後に移動する。すると、今度は恵里奈が不満げな瞳を向けてきた。

「あとちょっとだったのに……」

「また戻ってきますから」

安心させるように言うと、あらためて菜々子の尻を抱えこむ。そして、亀頭の先端を女陰に押しつけた。

「や、やっと……はンンっ」

菜々子は自ら尻を突き出してくる。その結果、亀頭が膣口にヌプリッとはまり、さらにズブズブと沈みこんだ。

「はああッ」

「ううッ、菜々子さんっ」

まさかバックの体勢で、彼女のほうから挿入するとは思いもしない。心の準備ができておらず、慌てて下腹部に力をこめた。

「くううッ」

「あッ……あッ……い、いいっ」

菜々子はそのまま尻を前後に振りはじめる。身体全体を動かして、膣道で咀嚼するようにペニスの出し入れをくり返す。太幹がスライドするたび、二枚の女陰が引きこまれたり出てきたりするのが卑猥だった。

「こ、これ……これが欲しかったんです」

「ちょ、ちょっと……ううッ」

バックなのに主導権は菜々子が握っている。忠雄は彼女の尻たぶに手を添えているだけで、まったく動いていなかった。

「ねえ、おじさん……」

恵里奈の呼ぶ声が聞こえた。

どうやら、菜々子の喘ぐ声に触発されたらしい。四つん這いのまま、右手を股間に伸ばして女陰をいじっていた。

恵里奈はオナニーするほど興奮している。自分で慰めなければならないほど、男根を欲していた。そこまで求められたら、放っておくことはできない。忠雄はペニスをゆっくり引き抜いた。

「あンっ……どうしてですか？」

菜々子が抗議の瞳を向けてくる。ペニスが抜けた直後の陰唇は、物欲しげにウネウネと蠢いていた。

「森沢さん、ちょっと待っててください」

忠雄は菜々子に断ってから、再び恵里奈の背後に移動する。そして、亀頭をあてがうなり、根元まで一気に貫いた。

「あううッ、い、いいっ」

すかさず恵里奈のよがり声がほとばしる。それと同時に顎が跳ねあがり、背中が弓なりに仰け反った。

「ううう、こ、これは……」

膣の締まりは先ほどより強くなっている。欲情している分、反応が大きいのかもしれない。ギリギリと絞りあげられて、たまらずピストンを開始した。

「おおッ……おおおッ」

「あッ……あッ……」

恵里奈の喘ぎ声が寝室に響き渡る。

しかし、ここは菜々子の家の寝室だ。他人の夫婦の寝室で、恵里奈と忠雄はセックスしていた。ふしだらすぎる状況のなか、興奮がどんどんふくれあがる。忠雄は彼女のくびれた腰をつかみ、男根を全力で出し入れした。

「ああッ、い、いいっ、あああッ」

恵里奈の喘ぎ声がさらに大きくなる。締まりも強くなり、忠雄は下腹部に力をこめてペニスを突きこんだ。

隣では菜々子が腰をせつなげによじらせている。もう我慢できなくなったのか、右手を股間に伸ばして、指先でクリトリスを転がしていた。

菜々子を残したまま、達するわけにはいかない。忠雄は射精欲を抑えこみ、一気にギアチェンジしてピストンを加速させた。

「ぬおおおおッ」

「あああッ、は、激しいっ、ああああッ」

腰を打ちつけるたび、尻たぶが乾いた音を立てて、彼女の茶色い髪が跳ね踊る。膣道が猛烈に締まるが、懸命に耐え忍んで抽送した。

「はああッ、も、もう……あああッ、もうダメぇっ」

「む、向井さん、イッていいんですよ」

忠雄の声がきっかけになったのか、女体がガクガクと激しく痙攣した。

「あああッ、イ、イクッ、イッちゃうっ、あああああッ、イクイクううッ！」

ついに恵里奈がよがり声を振りまきながら昇りつめていく。

膣道がペニスを食いしめるが、忠雄は必死に奥歯を食いしばり、爆発的にふくれあがった射精欲をなんとか耐え忍んだ。

恵里奈が脱力してシーツに突っ伏すと、ペニスをゆっくり引き抜いた。

太幹に愛蜜がたっぷり付着している。きわどいところで絶頂をやり過ごしたが、もう射精したくてたまらなかった。

「森沢さん……」

菜々子の背後に移動して、亀頭を膣口に押し当てた。

「ああっ、は、早く……早くください」

待ちきれないとばかりに、菜々子が尻を突き出してくる。それと同時に忠雄も腰を押し出した。

「おおおおッ」

「はあああッ」

ふたりの動きが一致したことで、ひと息にペニスが深い場所まではまりこむ。亀頭が膣道の最深部に到達して、子宮口をググッと圧迫した。

「あううッ、い、いいっ、はあああッ」

女体に小刻みな痙攣が走り、女壺が思いきり収縮する。とたんに快感が爆発的にふくれあがり、忠雄は無意識のうちに腰を振りはじめた。

「くおおおッ、も、森沢さんっ」

いきなりの激しいピストンだ。欲望が限界まで達しており、無我夢中で男根をたたきこんだ。

「ああッ……ああッ……いいっ、すごくいいですっ」

菜々子が喘いでくれるから、快感がより大きくなる。抽送速度もアップして、凄まじい勢いでペニスを出し入れした。

彼女の背中に覆いかぶさり、両手をまわしこんで乳房を揉みしだく。柔肉に指を食いこませては、先端で揺れる乳首を転がした。亀頭を深い場所までたたきこみ、カリで膣壁をえぐりまくった。

「あああッ、す、すごいっ、あああッ、すごいっ」

菜々子が激しく乱れている。ペニスが往復するたび、喘ぎ声が高まっていく。絶頂が迫っているのは明らかで、女壺が猛烈に締まってきた。

「そ、そんなに締められたら……くううッ」

必死に耐えながら腰を振る。興奮しすぎて力の加減ができず、全力でペニスをたたきこんだ。

「ひあああッ、いいっ、いいっ、もうイキそうっ」

菜々子の喘ぎ声に触発されて、いよいよ射精欲が高まった。ラストスパートの抽送で、雄叫びをあげながらペニスを突きこんだ。

「ぬおおおッ、出る出るっ、くおおおおおおおおッ！」

「あああッ、イ、イクッ、あああああッ、イックうううううッ！」

射精と同時に菜々子もアクメの声を響かせる。女体が激しく痙攣して、膣がペニスを食いしめた。

射精しているところを締めつけられると、ただでさえ強烈な快感が二倍にも三倍にもふくれあがる。精液がかつてないほど勢いよく噴き出して、ペニスが蕩けそうな愉悦に包まれた。

菜々子が半ば気を失い、うつ伏せに倒れこむ。忠雄はペニスを引き抜くと、菜々子と恵里奈の間で仰向けになった。

両側で裸の人妻が息を乱している。ふたりとも満足げな顔でうっとり睫毛を伏せていた。

（さ……最高だ）

頭のなかがまっ白になっている。

今はなにも考えず、絶頂の余韻に浸っていたい。、忠雄も彼女らと同じく静かに目を閉じた。

第五章　夢のテレワーク

1

夕方、忠雄は仕事を終えるとスーパーに向かった。

昼は仕事から手が離せなかったため、めずらしく出かけるのを断念した。作成中の書類がもう少しで完成しそうだったのだ。

最近、仕事に対する姿勢が変わったと思う。人妻たちとの出会いが、いい影響を与えているのだろう。仕事も遊びも充実していた時代がよみがえったようで、やる気に満ちていた。

先日はついに３Ｐまで経験できたのだ。まさかふたりの人妻と同時にセックスできるとは思いもしない。まさに夢のような体験だった。

それでも、一日一回は逢花の顔を見ておきたい。憧れる気持ちは、ほかの人妻と深い関係になっても色あせなかった。

時刻は午後五時十五分になるところだ。

レジに逢花の姿はない。出勤日なら仕事を終えて帰るころだろう。購入した商品をマイバッグにつめると店の外に出た。

(いないか……)

夕日に照らされた歩道を見渡すが、逢花の姿はどこにもない。以前、彼女が出てきたスーパーの裏手を見やるが、人の気配はまったくなかった。

毎日、同じ時間に帰るとは限らない。そもそも、今日、出勤しているかどうかもわからないのだ。待つだけ無駄だと思って歩きはじめる。オレンジ色の夕日が物悲しく感じて、ますます気持ちが沈んでいく。

「こんばんわ」

ふいに背後から声をかけられた。

瞬間的に気持ちが高揚する。この涼やかな声を忘れるはずがない。顔を確認するまでもなく誰なのかわかった。

足をとめて振り返ると、逢花が微笑を浮かべて小走りに近づいてきた。

グレーのスカートを穿き、濃紺のコートを羽織っている。服の色合いは地味だが、彼女には人の目を惹きつける華《はな》があった。

「今、パートが終わって帰るところなんです。ちょうど後ろ姿をお見かけしたものですから」

逢花は親しげな笑みを向けてくれる。

老人にクレームをつけられているところに助け船を出したのがきっかけで、レジで会ったときは軽い言葉を交わすようになっていた。しかし、スーパーの外で話すのははじめてだ。彼女のプライベートに接しているようで緊張した。

「お買い物ですか？」

隣に並んで歩きながら、逢花のほうから話しかけてくる。

「え、ええ……コーヒーを切らしていたものですから」

本当は逢花の顔を見に来たのだが、そんなことを言えるはずがない。気味悪がられたら、もうスーパーに行けなくなる。憧れる気持ちは、自分の胸のなかだけに留めておくべきだ。

「この間のお礼をしたいんです。なにがいいですか？」

逢花が横顔を見つめてくる。どうやら、クレーム客の件を言っているらしい。

「お礼なんて……たいしたことではありませんから」

忠雄は謙遜《けんそん》してつぶやくが、彼女は引きさがろうとしなかった。

「あのお客さん、前からクレームが多かったんですが、あれからピタッと言わなくなったんです」

ぜひお礼をさせてほしいと迫られるが困ってしまう。

まさかひと晩つき合ってくれとも言えない。それならば、こうして言葉を交わせるだけで幸せだった。

「そうだ。一回だけ食事につき合ってもらえませんか」

ふと思いついた。

食事くらいなら問題ないのではないか。ふたりきりで過ごす時間は楽しいものになりそうだ。ところが、逢花の表情は冴えなかった。

「もし、逢花さんの気が進まなかったら、別のことでも……あっ！」

慌てたため、いつも心のなかで呼んでいたように「逢花さん」と言ってしまう。彼女も驚いた様子で見つめてきた。

「す、すみません……つい……名札でお名前を知ったものですから」

頬を引きつらせながら謝罪する。すると、逢花は一拍置いて微笑んでくれた。

「構いませんよ。では、わたしにもお名前を教えていただけますか」

そう言われるまで、まだ名乗っていなかったことに気づかなかった。

忠雄はすぐに名前と年齢、それに既婚者で中堅商社に勤務していることも包み隠さず伝えた。すると、逢花もあらたまった様子で自己紹介してくれる。三十五歳の既婚者で、家電メーカーに勤務している夫はひとまわり年上だという。

「吉村さん、お子さんはいらっしゃるのですか？」

「いえ、妻とふたり暮らしです」

「うちもなんです……」

そう答えた逢花が、ほんの一瞬、淋しげな表情を浮かべた。

なかなか子宝に恵まれないのだろうか。人によってはデリケートな問題なので、深く尋ねることはできなかった。

「食事の件ですか、外だとひと目が……」

逢花は話を戻すと、逡巡するように黙りこむ。そして、少し考えてから再び口を開いた。

「明日、家に来ていただけませんか」

「逢花さんのお宅にですか？」

忠雄が聞き返すと、彼女はにっこり微笑んだ。なんと手料理をご馳走してくれるという。

「でも、旦那さんがいるんですよね」

「昼間ならいませんから」

「明日の昼間ですか……」

今度は忠雄が黙りこむ番だった。

テレワークだということを話したので、時間が自由になると勘違いしているのだろう。だが、昼間は上司から連絡があるかもしれない。昼休みの一時間だけなら問題ないが、長時間、書斎を離れるのは危険だった。

(でも、せっかく逢花さんが誘ってくれたから……)

この機会を逃す手はない。

パソコンの前に貼りついていなくても、スマホさえあれば上司とも連絡がつく。最近は書類の作成も完璧なので、怒られることはなくなっている。少しくらい外出しても、なんとかごまかすことができるだろう。

「では、明日お邪魔してもいいですか」

「もちろんです。お待ちしております」

逢花は満面の笑みを浮かべてくれる。その顔を見ただけで、心がほっこり温かくなった。

「あっ、うちはそこなんです」

曲がり角に来ると、逢花が立ちどまって住宅街に指を向けた。

「三軒目の家です」

以前、逢花が入っていくのを見かけたことがある。だが、忠雄は知らないふりをしてうなずいた。

「一戸建てですか。うちはマンションなんで、うらやましいです」

マンション住まいの忠雄からすれば、一戸建てに憧れる気持ちがある。本心から出た言葉だったが、彼女はなぜか複雑な表情を浮かべた。

「住むところより――」

一瞬、なにかを言いかけた気がする。だが、逢花はすぐに気を取り直したような笑みを浮かべた。

「明日、楽しみにしています」

そう言って立ち去っていく逢花の背中を、忠雄は首をかしげながら見送った。

とにかく、逢花とふたりきりで食事ができる。手料理を振る舞ってもらえると思うと楽しみで仕方なかった。

2

翌日は妻が仕事に出かけてから、ずっと落ち着かないままだった。

午前中のうちに課長から連絡が来たのはついていた。よほどのことがなければ、もう今日は連絡をしてこないだろう。

やがて昼十二時になり、忠雄は仕事を終えて出かける準備に取りかかった。

とはいっても、いつものスラックスとワイシャツの上に、いつものブルゾンを羽織るだけだ。わざわざお洒落《しゃれ》するのもおおげさな気がしたし、気合を入れたことで下心があると思われるのもいやだった。

(俺は、疚《やま》しい気持ちなんて……)

まったくないと言えば嘘になる。だが、菜々子や恵里奈とセックスできたからといって、逢花と上手くいくとは思っていなかった。

手料理を食べられるだけで充分だ。在宅勤務になった当初は、逢花の顔を見るのだけが楽しみだった。そんな彼女が食事に招待してくれたのだから、これほどうれしいことはない。

（それ以上を望んじゃダメだ）

心のなかで何度も自分に言い聞かせた。そして、浮かれる気持ちをなんとか抑えこみ、逢花の家に向かった。

インターホンを鳴らすと、すぐに玄関ドアが開いた。

「いらっしゃい。お待ちしておりました」

逢花が柔らかい笑みを向けてくれる。たったそれだけで舞いあがるような気持ちになった。

この日の彼女は濃いグリーンのプリーツスカートに、ふんわりしたクリーム色のセーターを着ている。肌の露出は少なくても人妻の色気は隠せない。乳房はふっくら盛りあがり、尻もむっちり左右に張り出していた。

（どこを見てるんだ……）

忠雄は女体から視線を引き剝がすと、自分を戒《いまし》める。

心の片隅で期待がふくらんでいるが、逢花はほかの人妻とは違う。清らかな彼女に限って、一線を越えることはまずないだろう。

「これ、よろしかったらどうぞ」

忠雄は持参した赤ワインを手渡した。昨日、逢花と別れた足で酒屋に寄り、今日のために買っておいたのだ。

「まあ、ありがとうございます。今日の料理にぴったりです。お昼だけど、少しならいいですよね」

逢花がうれしそうな笑みを浮かべる。そんな彼女の顔を見たことで、忠雄も幸せな気持ちになった。

「どうぞ、お入りください」

うながされるまま部屋にあがると、ダイニングキッチンに案内される。テーブルにはすでにランチョンマットが敷いてあり、フォークとナイフとスプーンもセットされていた。

「吉村さんは、こちらです」

「はい、失礼します」

忠雄が勧められるまま椅子に座ると、逢花は対面キッチンに向かった。

リビングには大画面のテレビや重厚なサイドボード、ハイバックのソファセットがあり、天井から宝石のようなシャンデリアが吊られていた。

旦那の稼ぎがいいのがひと目でわかる。だが、悔しさは感じなかった。逢花の所作を見ていれば、余裕があるのが伝わってくる。きっと、いい暮らしをしているのだろうと予想していた。

スーパーで働いているのも生活のためではなく、暇を持てあました結果かもしれない。逢花には、ほかのパート女性たちとは異なる華やかさがあった。

「お待たせしました」

料理が運ばれてくる。見るからにおいしそうなビーフシチューだ。いい香りが鼻腔に流れこみ、食欲が刺激された。

「これは本格的だ。仕込みに時間がかかったんじゃないですか？」

「それほどでも……素人の料理ですから、あんまり期待しないでください」

逢花が照れて頬を赤くする。いったん逃げるようにキッチンに行くと、ワイングラスを持ってきた。

「せっかくなので、いかがですか」

「ええ、少しなら」

本当は五時まで会社の拘束時間だが、今日だけは特別だ。一、二杯なら、もし課長から連絡があってもなんとかなるだろう。

赤々としたワインがグラスに注がれる。彼女も向かいの席に座り、さっそくワインで乾杯した。

「では、いただきます」

いよいよビーフシチューを口に運んだ。

牛肉が柔らかく煮こまれており、口のなかで蕩けるように崩れていく。ニンジンやジャガイモは素材の持つ甘みが引き出されている。なにより、鼻に抜ける香りがすばらしかった。

「うん、うまい。これはお店で出せますよ」

思わず唸るほど美味だった。

「そんな……おおげさです」

「本当ですよ。逢花さんは料理が上手なんですね」

料理がうまいとワインも進む。忠雄につられたのか、彼女もあっという間にグラスを空にした。

「もし逢花さんがお店を出したら大繁盛ですよ」

グラスにワインを注ぎながら褒めちぎる。すると、彼女は恥ずかしげに顔をうつむかせた。

「お世辞でもうれしいです」

「いやいや、お世辞抜きでうまいです」

ワインを飲んだせいなのか、それとも逢花の手料理でテンションがあがったのか、今日の忠雄はいつになく饒舌《じょうぜつ》だった。

「間違いなく、今まで食べたなかで一番うまいビーフシチューです」

「もう、吉村さんったら、お上手ですね」

逢花が微笑を浮かべて見つめてくる。ワインのためか羞恥のためか、頬がほんのり染まっていた。

ビーフシチューがおいしくて、あっという間に平らげてしまった。ワインも少しだけのつもりだったが、ついつい飲んでしまう。そして、酔いがまわるにつれて、今日くらいはいいかという気持ちになってきた。

「ご馳走様でした。すごくおいしかったです。ありがとうございました」

あらためて礼を言うと、彼女はくすぐったそうに笑った。

「こちらこそ、ありがとうございます。おいしそうに食べてもらい、とっても幸せな気持ちになりました」

「旦那さんがうらやましいです。こんなにおいしい料理を毎日食べてるんですね。うちは共働きだから、あんまり料理を作ってくれないんですよ」

「夫はどう思ってるのか、よくわからないんです」

ふいに声のトーンが変化した。

「こんなに褒められたことないから……」

そうつぶやく逢花は、どこか淋しげだった。

「旦那さんは褒めてくれないんですか？」

「うちの人は寡黙《かもく》だから……」

彼女の言葉には、なにか含みがある気がした。

「確か、ひとまわり年上だって言ってましたよね」

ワインの酔いにまかせて尋ねてみる。なんとなく逢花の言動に影を感じるのは、夫婦関係に原因がある気がした。

「そうなんです。あの年代の男の人って、思っていることを口に出してくれないんですよね。料理なんて一度も褒めてもらったことないから、作り甲斐がないんです。それに……」

逢花はいったん言葉を切ると、なにやら思いつめたように下唇を嚙みしめる。そして、再び語りはじめた。

「年が離れすぎていると、いろいろあって……」

「いろいろって？」

逢花は視線をそらすと、ワイングラスに口をつける。そして、喉を潤してから潤んだ瞳で見つめてきた。

「もう四十七だから、仕方ないのかもしれませんけど……」

ひどく言いにくそうだ。忠雄は横から口出しせず、彼女が自分から話すのをじっと待った。

「寡黙だけど、いい人なんです。だけど……」

どうやら、なにか不満があるらしい。逡巡する彼女の頬は、ワインの酔いがまわったのか、ほのかなピンクに染まっていた。

「夜のほうが……弱いんです」

消え入りそうな声だった。

一瞬、自分の耳を疑ったが間違いない。まさか、逢花がそんなことを言うとは思いもしなかった。

「もしかしたら、わたしのせいでしょうか？」

悲しげな瞳を向けられて、忠雄は言葉につまってしまう。彼女が真剣に悩んでいるのが伝わってくるから、軽はずみなことは言えなかった。

「年齢のせいなら、あきらめるしかないんですけど……」

「四十七なら、まだいけると思います」

最近の自分に重ねてつぶやいた。

テレワーク生活に入る前は、若いころのような性欲を感じることはなかった。しかし、今は精力がすっかりよみがえっていた。四十七なら、まだしょぼくれている年ではないと本気で思う。

ところが、逢花はますます悲しげな顔になった。

「じゃあ、やっぱり、わたしに魅力がないから……だから、主人は抱いてくれないのですね」

「い、いや、そういうわけじゃ……逢花さんはとっても魅力的です」

忠雄は慌ててフォローするが、逢花は肩を落としてうつむき、押し黙ってしまう。

しばらく沈黙がつづいた後、忠雄は口を開いた。

「お、俺なら、毎日でも抱けますよ」

なんとか元気づけたい一心だった。しかし、口走った直後、失言だったことに気がついた。

「えっ……」

逢花が目をまるくして見つめている。自分のことを性的な目で見ていたのかと、責められている気がした。

「ち、違いますよ……へ、ヘンな意味じゃなくて……なんていうか、例えば、そう、例えばの話です」

必死に取り繕うが、なにか言うほどおかしな空気になっていく。逢花は再び黙りこんでしまった。

（まいったな……）

せっかく食事に誘ってもらったのに、もう楽しめる雰囲気ではなくなっている。今のうちに退散したほうがいいかもしれない。

「じゃ、じゃあ、俺はそろそろ――」

「あの……本当ですか？」

忠雄が腰を浮かしかけたとき、ふいに逢花が口を開いた。

「は、はい？」

再び椅子に座りながら聞き返す。すると、逢花が椅子から立ちあがり、忠雄に歩み寄ってきた。

「本当に毎日、抱いてくれるんですか？」

ワインの酔いのせいかもしれない。忠雄の肩にそっと手を置き、せつなげな表情で見おろしてくる。その瞳はまるで誘うように濡れていた。

「も、もし……」

忠雄はほとんど無意識のうちに立ちあがった。

「もし逢花さんが俺の妻だったらの話です」

彼女の瞳を見つめてつぶやいた。

「それなら、今日だけ……吉村さんの奥さんにしてください」

息がかかるほど距離が近かった。

彼女の芳《かぐわ》しい吐息を嗅いで、思わず目眩《めまい》に襲われる。腹の底で欲望がメラメラと燃えあがった。

「あ……逢花さん」

「忠雄さん……」

名前で呼ばれた瞬間、忠雄の胸は完全に射貫かれた。

もう気持ちを抑えることができず、目の前に立っている逢花を抱きしめる。彼女も抗うことなく、忠雄の胸板に寄りかかってきた。

見つめ合って、どちらからともなく唇を寄せていく。そっと口づけを交わせば、蕩けるような唇の柔らかさに陶然《とうぜん》となった。

（まさか、逢花さんと……）

こうしてキスできただけでも幸せだ。遠慮がちに舌を伸ばせば、彼女は唇を半開きにして受け入れてくれた。

舌をからませて唾液を交換すれば、ますます気分が盛りあがる。抱きしめる力が強くなり、彼女も忠雄の背中に両手をまわしてきた。

「ああンっ、忠雄さん」

逢花が名前を呼んでくれるから、忠雄はお返しに口内をしゃぶりまわす。唾液をすすり飲んでは、舌を強く吸いあげることをくり返した。

抱き合ってのディープキスで身も心も蕩けていく。すでにペニスは硬く屹立しており、スラックスの股間が盛りあがって彼女の下腹部を圧迫している。逢花はそのことに気づいており、腰をくねくねと左右に揺らしていた。

3

（ほ、本当に、逢花さんと……）

忠雄はダブルベッドの前に立ちつくしていた。

逢花に手を引かれてリビングを出ると、二階にあがって夫婦の寝室に案内されたのだ。角部屋で二面の窓にはレースのカーテンがかかっているが、明るい昼の陽光が差しこんでいた。

ダブルベッドが白いロココ調なのは、おそらく逢花の趣味だろう。窓の近くにある鏡台もおそろいのデザインだ。床には繊細な模様の描かれたペルシャ絨毯が敷かれていた。

(これから、ここで……)

考えただけでも屹立したペニスから我慢汁が溢れてしまう。すでに、ボクサーブリーフの内側はヌルヌルになっていた。

再び抱き合ってキスをする。先ほどよりも濃厚なディープキスだ。互いの舌を吸い合っては、唾液を何度も交換した。

唇を離して見つめ合うと、無言のまま相手の服を脱がせていく。忠雄は彼女のセーターをまくりあげて頭から抜き取った。淡いピンクのブラジャーに包まれた乳房が見えてくる。白い谷間を見ただけで、胸の鼓動が速くなった。

逢花も忠雄のワイシャツのボタンをはずして剝ぎ取り、さらにベルトを緩めてスラックスに手をかけた。

忠雄も負けじと彼女のスカートを引きおろしにかかる。ストッキングを穿いておらず、いきなり淡いピンクのパンティが視界に入った。布地の面積が小さく、恥丘にぴったり貼りついていた。

これで逢花が身に着けているのは、ブラジャーとパンティだけになる。全体的に薄く脂《あぶら》が乗り、むっちりとして抱き心地のよさそうな身体つきだ。とはいっても、腰はしっかりくびれている。艶《なま》めかしいS字の曲線を描いており、三十五歳の熟れた色香が全身から匂い立っていた。

「あぁっ……」

逢花の唇から喘ぎ声にも似たため息が溢れ出す。恥ずかしげに頬を染めているが、瞳はねっとり潤んでいた。

忠雄もスラックスをおろされて、グレーのボクサーブリーフ一枚になった。テントを張った布地の頂点を中心に、我慢汁の染みがひろがっていた。

逢花は目の前にひざまずくと、細い指をボクサーブリーフのウエストにかけて、じりじり引きさげていく。とたんに屹立したペニスが鎌首を振って跳ねあがる。牡の濃厚な匂いがひろがるが、彼女はいやがる様子はまったくなかった。

「もうこんなに……」

うっとりした様子でつぶやき、亀頭に鼻を近づけて息を吸いこんだ。

ボクサーブリーフを完全に抜き取ると、両手でペニスをつかんでくる。大切なものを扱うように両手で掲げ持ち、亀頭に唇を寄せてきた。

ついばむようにキスされたと思ったら、先端をぱっくり咥えこまれる。肉胴に唇が密着して、そのまま根元までズルルッと呑みこまれた。

「おおッ……おおおッ」

突然、ペニスをしゃぶられて、たまらず呻き声が漏れてしまう。逢花は瞼《まぶた》を半分落とした色っぽい表情で、顔を二度、三度とゆっくり前後させた。

「はぁ……大きいです」

もしかしたら、夫と比べているのかもしれない。逢花はペニスを吐き出すと、独りごとようにつぶやいた。

屹立した肉柱は唾液にまみれており、窓から差しこむ日の光を反射している。先端の鈴割れからは、透明な我慢汁がとめどなく湧き出していた。興奮が興奮を呼び、これまでにないほど男根が硬くそそり勃った。

「逢花さんが、こんなことしてくれるなんて……」

思わずつぶやくと、彼女は恥ずかしげに肩をすくめた。

「ごめんなさい……はしたなかったですよね」

よほど飢えているのかもしれない。そもそも、ひとまわり年上の夫が抱いてくれないから、我慢しきれなくなって忠雄を誘ってきたのだ。

「いやいや、うれしいです」

手を貸して彼女を立たせると、背中に両手をまわしこんでブラジャーのホックをはずす。そして、カップをずらせば、ついに乳房が露になった。

（おおっ、これが逢花さんの……）

思わず目が釘付けになる。

大きすぎず小さすぎず、片手でちょうど収まるほどよいサイズの乳房だ。白い丘陵の頂点には濃い紅色の乳首が乗っている。この状況に興奮しているのか、すでに充血してぷっくりふくらんでいた。

「小さいから、恥ずかしいです」

逢花は頰を赤く染めながら、乳房を両腕で隠してしまう。しかし、内腿を擦り合わせて照れる仕草が、牡の欲望をかき立てた。

「ちょうどいい大きさですよ」

「でも、あんまり見られると……」

「逢花さんも全部脱いでください」

忠雄はパンティに指をかけると引きさげにかかる。ひと息にはおろさない。羞恥心を煽るように、わざとじわじわ脱がしていった。

徐々に恥丘が見えてくる。肉厚でふっくらしており、そこに茂る漆黒の秘毛がパンティの縁から溢れ出した。

「は……恥ずかしいです」

耐えきれなくなったように逢花がつぶやく。

だが、彼女はそのままの格好で動かない。羞恥にまみれながらも、夫以外の男に身をまかせている。案外、服を脱がされていく過程を楽しんでいるのかもしれない。穏やかな人妻だが、かなり欲求不満をためこんでいるのだろう。

さらにパンティを引きさげて、ついに恥丘の全容が露になる。盛りあがった股間には、小判形に整えられた陰毛が生えていた。

パンティをつま先から抜き取り、逢花は一糸纏《まと》わぬ姿になった。

テレワーク生活に入り、スーパーで彼女に会えるのを励みにがんばってきた。ただ顔を見るだけで満足していた。それなのに、まさか憧れの女性の裸を見る日が来るとは思いもしなかった。

「逢花さんっ」

思わず抱きしめると、逢花も背中に手をまわしてくれる。屹立したペニスが、彼女の柔らかい下腹部に密着した。

我慢汁が付着してヌルリと滑る。すると、逢花は興奮した様子で、ますます身体を押しつけてきた。

「ああっ、忠雄さん……」

こうして肌を合わせていると、ますます気分が盛りあがる。

早くひとつになりたくて仕方ないが、この夢のような時間をすぐに終わらせるのはもったいない。相反する思いに揺れていると、逢花がベッドにあがるようにうながしてきた。

「仰向けになってください」

言われるままダブルベッドの中央に横たわる。人の家の寝室だと思うと緊張するが、同時に異常な興奮も湧きあがってきた。

「上に乗ってもいいですか？」

「えっ……上に？」

意味がわからず聞き返す。ところが、逢花はなにも答えることなく逆向きになって重なってきた。

いわゆる、シックスナインと呼ばれる体勢だ。逢花は忠雄の顔をまたいで、身体をぴったり重ねている。乳房が忠雄の腹に密着して、プニュッとひしゃげていた。彼女の顔はペニスに迫っており、吐息が亀頭をくすぐった。

(こ、これは……)

忠雄は思わず両目をカッと見開いた。

文字どおり目と鼻の先に、逢花の股間が迫っている。女陰は濃いピンクで、大量の華蜜にまみれて濡れ光っていた。肉厚の襞が物欲しげに蠢いており、濃厚な牝の匂いも漂ってくる。彼女の興奮が生々しく伝わってきた。

「ま、まさか、逢花さんがこんなことを……」

思わずつぶやくと、逢花は折り重なった状態で恥ずかしげに腰をよじらせる。そして、ペニスの根元に指を巻きつけてきた。

「こういうの、一度でいいから経験してみたかったんです……でも、主人にはこんなこと言えませんから……」

逢花の声は消え入りそうなほど小さくなっていく。

伴侶には言えないが、浮気相手にならどんなに恥ずかしい願望でも口にできる。伴侶とはできない過激なことをやってみたくなる。忠雄も人妻たちと３Ｐで燃えあがった経験があるので、彼女の言いたいことはよくわかった。

「逢花さんの好きなようにしていいですよ」

忠雄は両手で彼女の尻たぶを抱えこむと、いきなり女陰にむしゃぶりついた。

舌を伸ばして愛蜜まみれの恥裂を舐めあげる。とたんに尻たぶがブルルッと震え出した。

「ああッ……は、恥ずかしい」

自分からシックスナインをしかけてきたのに、羞恥の声を漏らして身をよじる。そんな逢花の反応が興奮を誘い、忠雄はさらに女陰を舐めまわした。

「はああッ、わ、わたしも……あむンンっ」

逢花も亀頭をぱっくり咥えこんでくる。唇を太幹に密着させると、躊躇することなくヌプヌプと根元まで呑みこんだ。

「そ、そんなに奥まで……おううッ」

熱い口腔粘膜に包まれるのが心地よくて、思わず呻き声が漏れてしまう。そのまま口内で舌がからみついてくる。ペニス全体に唾液をまぶすように、ねっとりと這いまわってきた。

「逢花さんもこんなに濡らして……うむッ」

忠雄も舌を伸ばして、二枚の陰唇を交互に舐めあげる。さらには舌先でクリトリスを探り当てると、華蜜と唾液を塗りつけながら念入りに転がした。

「ああンっ、そ、そこは……はむううッ」

逢花が困惑した声を漏らしながら、首をゆったり振りはじめる。柔らかい唇が硬い肉胴を擦ることで、瞬く間に快感の波が押し寄せてきた。

「ううッ、す、すごい……」

我慢汁が次から次へと溢れてしまう。それでも逢花はペニスを咥えたまま離そうとしない。それどころかチュウチュウと吸いあげては、口のなかにたまった我慢汁を飲みくだした。

「くううッ、お、俺も……」

受け身になっていると快楽に流されてしまう。忠雄も女陰に口を押し当てて密着させると、華蜜を思いきり吸いあげた。

「はああッ、ダ、ダメですっ、あああッ」

逢花の喘ぎ声がいっそう高まった。シックスナインで重なったまま、股間をクイクイ動かしている。興奮を抑えられないのか、ペニスにむしゃぶりついて猛烈に首を振りはじめた。

「あふッ……はむッ……あむううッ」

「おおおッ、そ、そんなに激しく……くううッ」

このままでは暴発してしまう。忠雄は舌先をとがらせると、膣口にヌプリッと突き立てた。できるだけ奥まで埋めこみ、柔らかい膣粘膜をしゃぶりまわした。

「はうううッ」

ペニスを深く咥えた状態で、逢花がくぐもった喘ぎ声を振りまきはじめる。折り重なった女体が小刻みに震えており、絶頂が迫っているのは明らかだ。

(ようし、このまま一気に……)

忠雄は舌先を膣に埋めこんだ状態で首を振りはじめる。

仰向けで首を持ちあげる苦しい体勢だが、興奮のほうがうわまわっていた。蜜壺をジュブジュブとかきまわしては、次々と溢れてくる汁を嚥下する。さらには膣口のすぐ上に見えているくすんだ色の尻穴に指を這わせた。

「ひンンッ、そ、そこはダメです」

口ではダメと言いながら、肛門を押し揉むと華蜜の量がどっと増える。膣口も収縮して舌を締めつけてきた。

（ようし、それなら……）

忠雄は中指の先に華蜜をたっぷりまぶすと、尻穴にゆっくり押しこんだ。

「あひぃッ、そ、そんな……はあああッ」

逢花のよがり声が響き渡る。もう抗う様子はなく、第一関節まで埋まった忠雄の中指を締めつけてきた。

ここぞとばかりに愛撫を加速させる。尻穴を刺激しながらのクンニリングスで、女体が感電したように震え出す。華蜜を垂れ流している女陰を舐めまわし、挿入した舌をピストンさせた。

「ああッ……あああッ」

逢花はペニスを咥えたまま喘いでいる。彼女も懸命に首を振り、夢中になって亀頭をしゃぶりまわしてきた。

「ううゥッ、すごい、くうううッ」

忠雄も快楽の呻き声を抑えられない。互いの性器をしゃぶり合うシックスナインで高まり、ふたりは絶頂への急坂を昇りはじめた。

忠雄が膣に埋めこんだ舌を出し入れすれば、逢花がペニスを咥えて首を振る。快感を与えれば、それが倍になって返ってくる。相互愛撫で快感が快感を呼び、興奮はどこまでも高まっていく。

「おおおッ、も、もうっ」

「あああッ、わ、わたしもっ」

いよいよ絶頂が目前に迫ってくる。性器をしゃぶり合って互いの体液を味わうことで、理性がドロドロに溶けていく。もう昇りつめることしか考えられない。ふたりとも腰をよじらせながら、相手の性器を舐めまわした。

「くううッ、で、出るっ、くうううううッ！」

「あああッ、い、いいいっ！」

ふたりはシックスナインで相手の身体にしがみつき、股間をしゃくりあげながら絶頂へと駆けあがった。

精液が勢いよく噴きあがり、彼女の口内を満たしていく。ペニスをチュウチュウと吸われて、全身の筋肉が痙攣する。たまらず逢花の尻たぶを強くつかみ、華蜜を無我夢中ですすり飲んだ。

「ああッ……あああッ」

逢花の喘ぎ声が聞こえている。

夫婦の寝室で、夫以外の男と性器を舐め合って昇りつめたのだ。折り重なった女体がヒクヒクと小刻みに痙攣していた。

まさか逢花とシックスナインできるとは思いもしない。しかも、ふたりは同時に達して、快楽を分かち合った。全身が蕩けてしまいそうな快楽がひろがっているが、まだこれで終わりではない。

「逢花さん……」

女体を隣におろして添い寝をする。そして、まだ絶頂の余韻に浸っている逢花に語りかけた。

「これ……どうしたいですか？」

彼女の手を取ってペニスに導く。まだ硬度を保っている肉棒に指先が触れると、条件反射のように握りしめた。

「ああっ、まだこんなに……」

うっとりした様子でつぶやき、忠雄の顔を見つめてくる。指は太幹に巻きついており、愛《いと》おしげにヌルヌルしごいていた。

「素敵です……お強いんですね」

おそらく夫と比べているのだろう。逢花は唾液と精液にまみれた男根を、しっかり握ったまま離さない。ゆっくり上半身を起こすと、仰向けになっている忠雄の股間にまたがってくる。

「わたしが上になってもいいですか？」

彼女はそう言うと同時に、両足の裏をシーツにつけた騎乗位の体勢になっていた。

「こういう格好でしたことなかったから……ンンっ」

逢花の唇から艶っぽい声が溢れ出す。

膝を大きく左右に開いた中腰で、屹立したペニスの先端を膣口に導いている。いつも穏やかな笑顔で忠雄を癒してくれた逢花が、はしたない格好で夫以外のペニスを自ら迎え入れようとしていた。

「恥ずかしいけど……」

腰をゆっくり落としこみ、女陰を亀頭に押しつけてくる。すぐに湿った音が響いて、ペニスの先端が膣に呑みこまれた。

「ああッ……」

逢花の顎が跳ねあがる。膣口が締まり、いきなり太幹を食いしめてきた。

「ううッ……は、入りましたね」

股間を見おろせば、屹立した肉柱の先端が女壺に収まっている。二枚の陰唇を巻きこみ、カリ首までしっかりつながっていた。

「も、もっと……はあぁッ」

さらに腰をさげて、男根がどんどん呑みこまれていく。やがて彼女が股間に座りこむ形になり、ペニスは完全に見えなくなった。

「お、大きい……あぁっ、大きいです」

逢花が片手を自分の下腹部にそっと重ねる。長大な男根が入っていることを実感しているのか、吐息を漏らしながら撫でまわした。

「くううッ……」

忠雄も快楽の呻き声を漏らして、思わず両手でシーツを強くつかんだ。

目の前で人妻の女体がうねっている。まるで男根を味わうように、腰を大きくゆったりまわしていた。

「ううッ、す、すごい……くううッ」

あの逢花が腰を使っていると思うと、それだけで快感が何倍にもふくれあがる。実際、膣道が激しくうねり、ペニスを奥へ奥へと引きこんでいた。

「ああンっ……はああンっ」

逢花の唇からは、色っぽい声がひっきりなしに漏れている。腰の動きが徐々に速くなり、ペニスと女壺がひとつに溶け合ったような錯覚に囚われた。

　ふたりの陰毛がからみ合って、シャリシャリと乾いた音を立てる。結合部分からは湿った音が響いており、淫靡な空気がどんどん濃くなっていく。窓から昼の陽光が差しこんでいるのに、欲望はますますふくれあがった。

「ああッ、もう……あああッ」

　逢花が大股開きのまま、腰を円運動から上下動に切り替える。熟れた尻をリズミカルに弾ませて、ペニスを激しく出し入れした。

「おおッ……おおおッ」

　凄まじい快感が突き抜ける。忠雄は両手を伸ばして彼女の腰に添えると、自らも股間をグイグイ突きあげた。

「はああッ、い、いいっ」

　ペニスが深い場所まで突き刺さり、膣道が猛烈にうねりはじめる。大量の華蜜が溢れて、逢花がたまらなそうに腰をよじった。

「ううッ、す、すごいっ」

　膣が猛烈に締まっているのに、彼女は腰の動きを速めていく。反り返った男根が激しくしごかれて、瞬く間に射精欲がふくれあがる。忠雄も真下から男根を突きこみ、女壺を思いきりかきまわした。

「ああッ、いいっ、すごくいいですっ」

女体が揺れるたび、乳房もタプタプ弾む。忠雄は両手で揉みあげては、先端でとがり勃っている乳首を摘まんで転がした。

「あああッ、こんなに突かれたら……はああッ、も、もうっ」

どうやら絶頂が迫っているらしい。逢花は歓喜の涙さえ流しながら、より激しく腰を振り立てた。

「くううッ、お、俺もです、くおおおッ」

忠雄も雄叫びをあげながら男根を突きこんでいく。もう昇りつめることしか考えられない。彼女の腰をしっかりつかみ、勢いよくペニスをピストンさせた。

「ああッ、ああッ、い、いいっ、あああッ、もうイキそうですっ」

「だ、出しますよっ、おおおおッ、出る出るっ、くおおおおおおッ！」

彼女の声がきっかけとなり、思いきりザーメンを噴きあげる。膣の深い場所にペニスを埋めこみ、欲望のままに精液を注ぎこんだ。

「はあああッ、い、いいっ、イクッ、イクイクッ、イックううううッ！」

逢花がよがり泣きを響かせて昇りつめていく。騎乗位でつながった女体が仰け反り、髪を振り乱しながらアクメに達した。

熱い精液を子宮口に浴びた瞬間、女壺全体が激しくうねった。ペニスを猛烈に絞りあげて、さらなる快感が湧き起こる。忠雄は獣のように唸りながら、精液を二度三度と噴きあげた。

「あああぁッ、す、すごいっ……はあああぁッ」

逢花はヒイヒイ喘ぎまくり、女体をこれでもかと痙攣させる。大きく仰け反って硬直すると、糸が切れた操り人形のように倒れこんできた。

女体を抱きとめて、首すじにキスをする。汗ばんだ肌を合わせて、彼女の体温を全身で感じた。夢のような時間だった。ずっと憧れていた逢花とセックスをして、最高の快楽を共有したのだ。

テレワーク要員に選ばれて腐っていた一カ月前が、遠い昔のようだった。

4

逢花と身体の関係を持ってから一週間が経っていた。

――また会ってもらえませんか。

あの日、彼女と睦《むつ》み合ったあと、身なりを整えてから思いきって切り出した。人生で最高の快楽だった。すっかり逢花に入れこんでおり、本気で口説《くど》こうとしていた。ところが、彼女の唇から語られたのは予想外の言葉だった。

——じつは、一週間後には引っ越しをするんです。

夫の転勤で大阪に行くという。

ショックだったが、同時に納得もした。逢花はどう考えても浮気をするタイプではない。たとえ夫に不満があっても、黙って耐えるタイプだ。それなのに、忠雄を誘ってきたのは、引っ越すことが決まっていたからだろう。

思いきって、最後にこの土地で冒険をしたかったのかもしれない。いずれにせよ、彼女は最初から一夜限りの関係と決めていたのだ。

残念で仕方なかったが、あきらめるしかなかった。

ただ、まだ菜々子と恵里奈がいる。彼女たちは同じマンションに住んでいるので、その気になればいつでも会うことが可能だ。ハーレム状態でテレワークも悪くないだろう。

そんなとき、めずらしく妻に誘われて久しぶりにセックスした。

男の自信を取り戻していたので、美紗も気になったのかもしれない。ある夜、妻のほうからベッドで抱きついてきた。いつになく積極的に迫られて、忠雄もその気になった。思いのほか盛りあがり、妻を何度も絶頂に追いあげた。

すると翌日から美紗の態度が明らかに変わった。いっしょに買い物に行こうと誘ってきたり、手をつないできたりする。また忙しいなかでも、食事を作ってくれるようになった。まるで新婚時代に戻ったような気がした。

素直になった妻がかわいくて、まんざらでもない気分だ。

以前と比べて夫婦仲が改善した。仕事にも集中できるようになり、効率があがっていた。

（よし、今日は終わりにするか）

忠雄はデータを保存すると大きく伸びをした。

気づくと夕方五時半だった。仕事に没頭していたので、定時になっていることに気づかなかった。

リビングに向かうと、美紗が待ち構えていた。

「お疲れさま。いっしょにお買い物に行きましょう」

「いいけど、今日は夜勤だろ？」

「深夜勤だから、まだ時間はあるわ。ご飯作ってあげる」

スーパーなどひとりで行けばいいのに、なぜか美紗はいっしょに行きたがる。共働きで時間が合わないので、買い物でデート気分を味わっているらしい。

「じゃあ、行くか」

仕事で疲れていたがつき合うことにする。妻がじゃれついてくるのは、正直、悪い気がしなかった。

さっそくスーパーに向かう。すると、美紗は当たり前のように腕を組んでくる。少し恥ずかしいが、妻が喜んでいるので受け入れた。

忠雄が買い物カゴを持ち、スーパーの店内をまわっていく。美紗は腕を組んだまま食材を品定めしてカゴに入れていた。

「ビーフシチューとか、どうかな？」

「時間がないだろ。簡単なものでいいよ」

忠雄はやんわりと断った。今はビーフシチューの気分ではない。逢花の手料理を思い出すので、もう少し時間を空けたかった。

（あっ……）

そのとき、通路の向こうに菜々子と恵里奈の姿が見えた。

向こうも忠雄のことを見ている。完全に視線が重なり、ふたりは呆れたような笑みを浮かべた。

忠雄は妻とイチャイチャしているところを見られて気まずいが、どうすることもできずに買い物をつづけた。


「すぐに作るから待っててね」

家に帰ると、美紗がさっそくキッチンに向かって晩ご飯を作りはじめた。

「忙しいのに悪いね。なんか手伝うことある？」

「いいから、ゆっくり休んでて」

妻にそう言われて、忠雄はソファに腰かけてテレビをつける。そのとき、ポケットのなかでスマホが振動した。

メールの着信があったらしい。それも立てつづけに二通も届いた。何事かと思って確認すると、差出人は菜々子と恵里奈だった。

額に冷や汗が滲んだ。さりげなく背後を確認すると、妻は対面キッチンで料理をしており、こちらのことは気にしていなかった。

恐るおそるメールを開いてみる。

『奥さまとずいぶん仲がいいのですね。わたしたちのことは忘れてください』

『おじさんの邪魔はしないよ。奥さんと仲よくね』

菜々子も恵里奈も未練はないらしい。先ほどのふたりの顔を思い返しても、もう関係はつづけられないだろう。

思わず呆然となって天井を見あげてしまう。夢のハーレム生活はあっさり幕を閉じた。

ただ、もちろん永遠につづく関係ではなかった。残念ではあるが、ここらが潮時だったのかもしれない。むしろ後腐れなく終わって、よかったと思うべきだろう。

「あなた、できたわよ」

対面キッチンから美紗の声が聞こえた。

テレワークのおかげで人妻たちと一時の関係を楽しめて、さらには夫婦仲が改善した。考えてみれば、最高な結末ではないか。

「おう、今、行くよ」

忠雄は答えながら、ふたりのアドレスを消去した。

生姜焼きのいい香りが漂ってくる。忠雄はささやかな幸せを噛みしめて、対面キッチンの妻を振り返った。

（了）

＊本作品はフィクションです。作品内に登場する人名、地名、団体名等は実在のものとは関係ありません。

長編小説

おうちで快楽《かいらく》

葉月奏太《はづきそうた》

2020年10月5日　初版第一刷発行

ブックデザイン……………………… 橋元浩明(sowhat.Inc.)

発行人………………………………………… 後藤明信
発行所……………………………………… 株式会社竹書房
〒102-0072　東京都千代田区飯田橋2－7－3
電話　03-3264-1576（代表）
03-3234-6301（編集）
http://www.takeshobo.co.jp
印刷・製本……………………… 中央精版印刷株式会社

ISBN978-4-8019-2404-8　C0193